Maurus Jókai

Ein Goldmensch

Band I

Elibron Classics
www.elibron.com

Elibron Classics series.

© 2006 Adamant Media Corporation.

ISBN 0-543-83170-1 (paperback)
ISBN 0-543-83169-8 (hardcover)

This Elibron Classics Replica Edition is an unabridged facsimile of the edition published in 1873 by Otto Janke, Berlin.

Elibron and Elibron Classics are trademarks of Adamant Media Corporation. All rights reserved.

This book is an accurate reproduction of the original. Any marks, names, colophons, imprints, logos or other symbols or identifiers that appear on or in this book, except for those of Adamant Media Corporation and BookSurge, LLC, are used only for historical reference and accuracy and are not meant to designate origin or imply any sponsorship by or license from any third party.

Ein Goldmensch.

Roman

von

Maurus Jókai.

Aus dem Ungarischen.

Autorisirte Uebersetzung.

Deutsch herausgegeben
von
einem Landsmanne und Jugendfreunde des Dichters.

Erster Band.

Berlin, 1873.
Druck und Verlag von Otto Janke.

Inhalt.

Erster Band: Die heilige Barbara.

			Seite
1. Capitel.	Das eiserne Thor	. . . .	3
2. =	Die weiße Katze	. . . .	32
3. =	Ein Salto mortale mit einem Mammuth	. .	42
4. =	Eine strenge Visitation	. . . .	59
5. =	Die herrenlose Insel	. . . .	75
6. =	Almira und Narcissa	. . . .	93
7. =	Die Stimmen der Nacht	. . . .	117
8. =	Die Geschichte der Inselbewohner	. . . .	135
9. =	Ali Tschorbadschi	. . . .	160
10. =	Der lebende Alabaster	. . . .	169
11. =	Das Schifferbegräbniß	. . . .	174
12. =	Ein Spaß zum Lachen	. . . .	183
13. =	Das Schicksal der heiligen Barbara	. . .	190
14. =	Der Pflegevater	. . . .	201

Erster Band.

Die heilige Barbara.

Erstes Capitel.

Das eiserne Thor.

Eine Gebirgskette, mitten durchbrochen, vom Gipfel bis zum Fuß, auf eine Strecke von vier Meilen; die beiden Seiten bilden hohe gerade Felsenwände, die zu einer Höhe von sechshundert bis zu dreitausend Fuß aufsteigen; dazwischen der Riesenstrom der alten Welt: der Ister, die Donau.

Hat die andrängende Wassermasse sich dies Thor selbst ausgebrochen, oder hat das unterirdische Feuer die Bergkette gesprengt? schufen Neptun oder Vulkan, oder beide zusammen dies Götterwerk, wie es selbst die stählerne Hand der Menschen unseres den Göttern es nachmachenden Jahrhunderts nicht zu schaffen vermöchte?

Von dem Walten des Einen Gottes zeigen sich die Spuren auf dem Berggipfel der „Fruska Gora" in den zerstreuten versteinerten Seemuscheln und in der „Veterani-Höhle" mit den fossilen Ueberresten meerbewohnender Saurier; von dem andern Gotte erzählen die Basalte der „Piatra Detonata". Den dritten, den Menschen mit der stählernen Hand, verkünden die in den Felsen eingehauenen langen Ufergalerien, eine Chaussee, die zugleich überwölbt ist, die Pfeilertrümmer einer riesigen Steinbrücke, die in die Felswand basreliefartig eingemeißelte Denktafel und ein mitten im Strombett ausgetiefter, zweihundert Fuß breiter Kanal, durch welchen auch größere Schiffe fahren können.

Das eiserne Thor hat eine zweitausendjährige Geschichte und vier Nationen — die Römer, die Türken, die Rumänen und die Ungarn — haben ihm eine viersprachige Benennung gegeben.

Es ist, als näherten wir uns einem von Riesen erbauten Tempel mit Pfeilern, welche aus Felsen bestehen, mit thurmhohen Säulen, mit wunderbaren Kolossen auf den himmelhohen Friesen, in welchen die Phantasie Heiligenstatuen zu erblicken glaubt; und diese Tempelhalle vertieft sich in eine vier Meilen lange Perspektive, macht Wendungen, zeigt neue Dome mit anderen Mauerngruppirungen, anderen Wundergebilden; die Eine Wand ist glatt, wie gemeißelter Granit, rothe und weiße Adern durchziehen sie im Zickzack, wie Buchstaben einer geheimnißvollen Götterschrift; an einer anderen Stelle ist die ganze Berglehne rostbraun, als wäre sie aus gediegenem Eisen; hie und da zeigen die schräg liegenden Granitschichten die kühne Bauart der Titanen; und bei einer neuen Wendung kommt uns sogar das Portal eines gothischen Domes entgegen, mit seinen spitzigen Thurmgiebeln, seinen aneinander gedrängten Basaltpfeilern; und aus der rußigen Wand leuchtet hin und wieder ein goldgelber Flecken hervor, wie eine Seitenfläche der Bundeslade: dort blüht der Schwefel. Es ist eine Erzblume. Aber auch mit lebenden Blumen prangen die Wände; aus den Rissen der Gesimse hängen, wie milde Hände, grüne Festons herab. Es sind dies riesige Laub- und Nadelbäume, deren dunkle Masse von rothen und gelben Guirlanden reifverbrannter Gebüsche bunt durchsetzt wird.

Dann und wann unterbricht die endlose, schwindelnde Doppelmauer die Pforte einer ausmündenden Thalmulde und gewährt uns einen Einblick in ein verborgenes, von Menschen unbewohntes Paradies.

Hier zwischen den beiden Felsenwänden ist düsterer Schatten gelagert, und in dies Tagesdunkel lächelt, wie eine Feenwelt, das Bild eines sonnigen Thales hinein, mit einem Wald wilder Reben, deren röthliche kleine Trauben den Bäumen einen Farbenschmuck leihen und deren buntes Weinlaub einen Teppich um sie webt. Keine menschliche Wohnung ist im Thale zu schauen, ein klares Bächlein schlängelt sich hindurch; Hirsche löschen furchtlos ihren Durst daraus; das Bächlein stürzt dann wie ein Silberband über das Felsenufer hinab. Tausende und Tausende fahren an diesem Thal vorüber und Jeder denkt bei sich: Was wohl mag dort wohnen?

Das Thal bleibt zurück und wiederum folgt das Bild eines anderen Tempels, noch großartiger und schauerlicher als die vorigen; die beiden Wände sind einander schon auf hundertvierzig Klafter näher gerückt und ragen dreitausend Fuß hoch in den Himmel hinein. Jener weit vorstehende Felsen auf der Spitze ist die „Gropa lui Petro", das Grab Sanct Petri; die beiden gigantischen Steingebilde zu beiden Seiten sind seine beiden Apostel-Gefährten. Jener Steinriese ihm gegenüber ist der „Babilé", und der die Aussicht verschließende ist der „Golumbaczka Mali", der große Taubenfels; jener aber, dessen graue Zinne ihn überragt, ist der weithin sichtbare „Rasbojnik Veliki" der hohe Räuberberg.

Und zwischen diesen beiden Wänden fließt unten in ihrem Felsenbett die Donau.

Der große herrliche Ur-Strom, der gewohnt ist, weiter oben, auf der ungarischen Ebene, in einem tausend Klafter breiten Bett an seinen Ufern mit majestätischer Ruhe vorüberzuziehen, mit den in seine Fluthen herabhängenden Weidenbäumen zu kosen, in die schönen blühenden Felder hinauszublicken, und mit den leise klappernden Mühlen zu plaudern, sieht sich hier eingezwängt in einen blos hundertvierzig Klafter breiten Felsenpaß.

Ha, mit welchem Zorn er hindurchbricht. Die, welche ihn bisher auf seiner Wanderung begleitet, erkennen ihn nicht wieder. Der greise Riese verjüngt sich zum unbändigen Heldenjüngling; seine Wellen hüpfen über das Felsenbett hinweg, aus dem hie und da eine riesige Steinmasse hervorragt, wie ein gespenstiger Altar! der riesige „Babagah", der gekrönte „Kaßan"; auf diese stürzt er sich mit majestätischem Zorn, sie umtosend und tiefe Wirbel um sie ziehend, welche im Felsenbett bodenlose Abgründe auswühlen; dann stürzt er rauschend und brausend über die Steinstufen hinab, welche sich quer von einer Felswand zur andern ziehen. An manchen Stellen hat er die ihm den Weg versperrende Barrikade schon bewältigt und ergießt sich schäumend durch die ausgebrochenen Felsenbreschen; an einer andern Stelle staut er sich an der Felswand des gewundenen Engpasses und hat sich mit seinen ewigen Wellen einen Weg unter dem überhängenden Felsen ausgewaschen. Wieder anderswo hat er an den unbezwingbaren Felsen Inseln angeschwemmt, neue Erdbildungen, die auf keiner älteren Flußkarte zu finden sind; mit wilden Bäumen und Gesträuch bewachsen, gehören sie keinem Staate an, weder den Ungarn, noch den Türken, noch den Serben; sie sind herrenloses, Niemand tributäres, außerweltliches, namenloses Land! Und dort wiederum hat er eine Insel sammt ihren Sträuchern, Bäumen und Hütten fortgetragen und sie ausgelöscht von der Karte.

Die Felsen und Inseln theilen den Fluß in mehrere Arme, der zwischen Ogradina und Plesvißovicza schon mit einer Geschwindigkeit von zehn Meilen in der Stunde dahinströmt, und der Schiffer muß diese engen Flußarme kennen; denn die eiserne Hand des Menschen hat nur Einen Kanal durch die Felsenbänke des Bettes gegraben, der für größere Fahrzeuge schiffbar ist; nahe am Ufer können blos kleine Schiffe fahren.

Im Bereiche der kleineren Inseln, zwischen den engeren Donauarmen, unterbrechen eigenthümliche Werke von Menschenhand die großartigen Gebilde der Natur — zwei Pallisadenreihen aus starken Baumpflöcken, welche in der Form eines lateinischen V zusammenlaufen, die offene Seite stromabwärts gerichtet. Das sind die Hausenfänge. Die Gäste des Meeres schwimmen den Strom hinauf, sie gerathen in diese Falle und schwimmen immer weiter in den sich verengenden Fang hinein — denn umzukehren ist nicht ihre Art — bis sie endlich in die „Todtenkammer" gelangen, aus der keine Rettung mehr ist. (Auch in den Kirchen hebt man ja Standgeld ein.)

Und auch die Stimme dieses erhabenen Ortes ist so göttlich! Dies immerwährende allgemeine Brausen, das dem Schweigen so verwandt ist; so eintönig und doch — als riefe es den Namen Gottes — so verständlich! Wie der Riesenstrom sich über die Steinbänke wälzt, wie er die Felswände peitscht, wie er dröhnend anprallt an die Insel-Altäre, wie er röchelnd in den Strudel untertaucht, wie er die Tonskalen der Katarakte spielend durchläuft, und wie der ewige Widerhall zwischen der Doppelmauer dies ewige Wellengebrause zur Majestät einer überirdischen Musik steigert, die lauter Orgel- und Posaunenschall und hinsterbendes Donnergrollen! Der Mensch verstummt, als scheute er sich, sein eigen Wort zu hören inmitten dieses Titanengesangs. Die Schiffer geben sich nur stumme Zeichen, und der Fischer-Aberglaube verpönt das Sprechen an diesem Ort: das Bewußtsein der Gefahr treibt Jeden an, still vor sich hinzubeten.

Denn in der That, Wer hier vorüberfährt, an den dunkeln Wänden, die er zu beiden Seiten um sich aufgethürmt sieht, dem wird zu Muthe, als würde er zwischen den Mauern seiner eigenen Gruft dahingerudert.

Wie erst dann, wenn der Schrecken der Schiffer, die Bora, sich erhebt.

Der anhaltende siebenfache Sturm — der ist's, der die Donau zwischen dem Eisernen Thor unwegsam macht.

Wäre nur Eine Bergwand, so würde sie gegen ihn schützen; aber der zwischen zwei Mauern eingezwängte Luftdruck wird so launenhaft, wie der Wind, der sich in den Gassen einer großen Stadt verfängt; an jeder Ecke bricht er in anderer Richtung hervor; das eine Mal hört er plötzlich auf, dann wieder bricht er plötzlich aus einem Thalwinkel, wie aus einem Hinterhalt, hervor, erfaßt das Schiff, entführt ihm das Ruder, giebt allen Händen zu thun, wirft den ganzen Pferdezug in's Wasser hinab; macht dann wieder eine Wendung und treibt das hölzerne Fahrzeug so schnell vor sich her, als schwämme es stromabwärts; die Welle wirft Staub auf, wie die Landstraße, wenn der Sturm über sie dahin fährt.

Um solche Zeit schwillt das Dröhnen der Kirchenmusik des Sturms bis zum Donner des jüngsten Gerichtes an, aus welchem der Todesschrei der Sterbenden nicht mehr vernommen wird.

Zur Zeit, in der unsere Geschichte spielt, fuhren noch keine Dampfschiffe auf der Donau. Von Galatz bis hinauf an den Main waren an neuntausend Pferde damit beschäftigt, die Schiffe stromaufwärts zu ziehen; auf der türkischen Donau bediente man sich auch der Segel, auf der ungarischen Donau nicht. Außerdem trieb sich noch ein ganzes Geschwader von Schmugglerschiffen zwischen den Ufern beider Länder umher, blos von kräftigen Armen gerudert. Der Salzschmuggel stand in Blüthe. Der Staat verkaufte am türkischen Ufer dasselbe Salz um anderthalb Gulden billiger, das am ungarischen Ufer sechsthalb Gulden kostete; vom türkischen Ufer brachte es der Schmuggler an's ungarische Ufer zurück, und verkaufte es hier um vierthalb Gulden. So profitirte dann Jedermann daran, der Staat, der Schmuggler und auch der Käufer. Ein freundschaftlicheres Verhältniß läßt sich kaum denken. Der mit seinem Profit am wenigsten Zufriedene war der Staat, der zu seinem eigenen Schutze an dem lang gestreckten Grenzufer Wachthäuser errichtete, in denen die männliche Bevölkerung der Nachbardörfer, mit Flinten bewaffnet, die Grenze bewachen mußte. Jedes Dorf lieferte Grenzwächter und jedes Dorf hatte seine eigenen Schmuggler. Man brauchte es also nur so zu veranstalten, daß zur selben Zeit, wo die jungen Leute eines Dorfes in den Wachthäusern lagen, die Alten mit ihren Schmugglerschiffen sich auf den Weg machten, was wiederum ein schöner Familienzug war. Doch verfolgte der Staat bei der strengen Grenzbewachung auch noch einen anderen wichtigen Zweck: die Abhaltung der Pest.

Der schrecklichen orientalischen Pest!

Wir freilich wissen heut zu Tage nichts mehr von der Pest, denn in unserem Vaterlande sind es gerade hundert und fünfzig Jahre her, seitdem es zuletzt geschah, daß eine eitle Wittwe sich in Semlin einen verpesteten Shawl kaufte, und als sie damit zur Kirche ging, todt zusammenstürzte. Weil wir jedoch jedes Jahr lesen, daß bald in Syra, bald in Brussa, bald in Pera die orientalische Pest ausgebrochen ist, so müssen wir glauben, daß sie wirklich existirt, und müssen wir es der Regierung Dank wissen, daß sie Thüren und Fenster vor ihr verschließt, damit sie nicht herein könne.

Denn jede Berührung mit einem fremden Volke hat uns mit irgend einer neuen Seuche beschenkt. Aus China erhielten wir den Scharlach, von den Saracenen die Blattern, von den Russen die Grippe, von den Süd=Amerikanern das gelbe Fieber und von den Hindus die Cholera; — von den Türken aber die Pest.

Daher dürfen das ganze Ufer entlang die gegenüber Wohnenden nur unter Beobachtung strenger Präventivvor= schriften mit einander verkehren, was ihnen das Leben sehr angenehm und interessant machen muß.

Und diese Vorschriften sind höchst streng. Wenn in Brussa die Pest ausbricht, wird sogleich jeder Gegenstand, ob lebend oder nicht, amtlich für verpestet erklärt, und wer mit ihm in Berührung kommt, der ist „inficirt" und wan= dert auf zehn, zwanzig oder vierzig Tage in die Kontumaz. Wenn das Seil eines linkufrigen Schiffszuges mit dem

Seile eines rechtufrigen Schiffes sich berührt, ist die ganze Schiffsmannschaft „inficirt" und muß zehn Tage lang in der Mitte des Stromes liegen bleiben; denn von dem einen Schiffsseil konnte sich die Pest auf das andere Schiff und von da auf die ganze Schiffsmannschaft fortpflanzen.

Und über all dies wird streng gewacht. Auf jedem Schiffe sitzt dort ein amtliches Organ, der „Reiniger". Eine schreckliche Person, deren Pflicht es ist, auf Jedermann ein wachsames Auge zu haben, was er angreift, womit er in Berührung kommt; und wenn ein Passagier, welcher am türkisch-serbischen Ufer ein fremdes Individuum oder einen aus Haar, Wolle oder Hanf verfertigten Gegenstand (denn jene Stoffe pflanzen die Pest fort), wäre es auch nur mit dem Saum seines Mantels gestreift, hat er ihn auf der Stelle für pestverdächtig zu erklären und ihn, sobald Orsova erreicht ist, aus den Armen seiner Familie zu reißen und der Kontumazanstalt zu übergeben. Deshalb nennt man ihn den „Reiniger".

Und wehe ihm, wenn er einen solchen Fall verheimlicht. Auf die geringste Versäumniß sind fünfzehn Jahre Festungsstrafe gesetzt.

Den Schmugglern aber, scheint es, kann die Pest nichts anhaben, denn sie führen keinen Reiniger mit sich, und wenn hundertmal in Brussa die Pest ausbricht, verkehren sie bei

Tag und Nacht zwischen den beiden Ufern. Wir wollen nicht unbemerkt lassen, daß der heilige Prokop ihr Schutzpatron ist.

Nur die Bora pflegt ihr Detailgeschäft zu stören; denn die rasche Strömung zwischen dem Eisernen Thore wirft die blos mit Rudern gelenkten Schiffe an's südliche Ufer.

Allerdings kann auch auf Zugschiffen Schmuggel getrieben werden, allein das gehört schon zum En gros-Geschäft, kostet zudem mehr, als gut kameradliches Einvernehmen, und ist daher nicht für arme Leute. Dann ist's auch nicht mehr Salz, sondern Tabak und Kaffee, was geschmuggelt wird.

Die Bora hat die Donau ordentlich rein gefegt von Schiffen, und hat dadurch die öffentliche Moral und den Gehorsam gegen die Staatsgesetze seit drei oder vier Tagen so gehoben, daß kein Anlaß geboten ist zur Sündenvergebung. Die Schiffe haben sich beeilt, einen sichern Port zu gewinnen, oder in der Mitte der Donau Acker geworfen, und die Grenzwächter können ruhig schlafen, so lange dieser Wind das Gefüge ihrer Holzbaracken knarren macht. Jetzt fährt kein Schiff.

Dem Korporal der Ogradinaer Grenzstation will es dennoch bedünken, als ließen sich seit Tagesanbruch mitten durch das Sausen des Windes und das Rauschen der Wogen wiederholt jene eigenthümlichen Signaltöne vernehmen, welche das Schifferhorn auf zwei Meilen weit sendet und die selbst von der Stimme des Donners nicht überschrien werden, jenes unheimliche, wehklagende Getute aus einem langen hölzernen Rohr.

Kommt ein Schiff und zeigt es deshalb seine Annäherung an, damit nicht ein anderes Schiff bei solchem Wetter im Kanal des Eisernen Thores ihm entgegenfahre? Oder schwebt es in Gefahr und ruft um Hilfe?

Dies Schiff „kommt".

Es ist ein zehn= bis zwölftausend Metzen fassendes Schiff aus Eichenholz; voll beladen, wie es scheint, denn die Wellen schlagen auf beiden Seiten über die Ränder seiner Schiffswände.

Das massive Fahrzeug ist schwarz angestrichen, nur der Vordertheil ist silberartig und endet in einem hoch hinaufreichenden, oben schneckenartig gewundenen Schiffsschnabel, der mit glänzendem Blech beschlagen ist. Das Verdeck hat die Form eines Hausdaches, mit zu beiden Seiten hinanlaufenden schmalen Treppen und einem flachen Steg oben, der von einem Ruder zum andern führt. Der oberhalb des Schiffsschnabels gelegene Theil des Verdecks endigt in eine Doppelkabine, welche aus zwei Kammern besteht, mit Thüren rechts und links. Die dritte Wand der Kabine zeigt zwei kleine Fenster mit grün angestrichenen Jalousien, und in dem Raume zwischen den beiden Fenstern ist auf Goldgrund die jungfräuliche Gestalt der den Märtyrertod gestorbenen heiligen Barbara abgemalt, in rosafarbenem Gewand, mit einem hellblauen Mantel, rothem Kopftuch, eine weiße Lilie in der Hand.

Auf dem kleinen Raume zwischen der Kabine und den auf dem Schiffsschnabel befindlichen dicken Seilgewinden steht eine zwei Fuß breite und fünf Fuß lange grün angestrichene Brettertruhe, die mit schwarzer Erde angefüllt ist, worin die schönsten gefüllten Nelken und Levkojen gepflanzt sind. Das Bild um den kleinen Garten umschließt ein drei Fuß hohes Eisengitter, dessen Stäbe dicht behängt sind mit Kränzen aus Feldblumen; in der Mitte aber brennt in einer rothen Glaskugel eine Lampe, daneben steckt ein Büschel von Rosmarin und geweihten Weidenkätzchen.

Auf dem Vordertheile des Schiffes ist der Mastbaum aufgerichtet, an dessen Mittelhaken das Zugseil gespannt ist, ein drei Zoll dickes Schiffstau, an welchem auf der Uferlände zweiunddreißig Pferde das schwere Fahrzeug stromaufwärts zu ziehen bemüht sind. Zu einer anderen Zeit hätten hier auch sechszehn Pferde genügt und auf der oberen Donau wären selbst zwölf Pferde genügend gewesen; hier aber und gegen den Wind ist es nöthig, auch die zweiunddreißig scharf anzutreiben.

Jene Hornsignale gelten dem Führer der Pferdetreiber. Die menschliche Stimme hätte hier vergebliche Anstrengungen gemacht. Wenn auch der Ruf vom Schiff bis zum Ufer gedrungen wäre, so hätte ihn in dem Wirrwarr von Echos kein Mensch verstanden.

Die Sprache des Hornes versteht dagegen selbst das Pferd; aus seinen bald gedehnten, bald abgerissener, warnenden oder ermuthigenden Tönen erkennen Mensch und Vieh, wann sie ihren Gang zu beschleunigen oder zu mäßigen, oder wann sie still zu stehen haben.

Denn in diesem Felsenkanal ist das Loos des Fahrzeuges ein wechselndes: es hat hier zu kämpfen mit den Windstößen des entfesselten Sturmes, der räthselhaften Strömung, der eigenen Last, und den Felsen und den Strudeln, denen es auszuweichen hat.

Sein Geschick liegt in den Händen zweier Menschen. Der eine ist der Pilot, der das Steuerruder lenkt; der andere der Schiffskommissär, der mitten unter dem Tosen der Elemente dem Schiffszug mit dem Schall des Hornes seine Aufgabe signalisirt. Wird das Signal schlecht verstanden, dann rennt das Schiff entweder an einen Felsen an, oder gleitet in den Wirbel hinab, oder wird an das südliche Ufer verschlagen, oder fährt auf einer neu entstandenen Sandbank auf und geht zu Grunde mit Mann und Maus.

Den Physignomien dieser beiden Männer sieht man aber nicht an, daß Furcht ein ihnen bekanntes Ding ist.

Der Steuermann ist ein klafterhoher, abgehärteter Schiffer, mit stark geröthetem Gesicht, dessen Incarnat auf beiden Wangen aus einem Geflecht feiner Aederchen gebildet wird, von dem auch das Weiße im Auge durchsetzt ist. Er ist beständig heiser und seine Stimme kennt nur zwei Variationen, entweder ein starkes Brüllen, oder ein heiseres Brummen. Wahrscheinlich ist dies die Ursache, welche ihn nöthigt, für seine Kehle doppelte Sorge zu tragen: eine vorbeugende, mittelst eines rothen Shawls, der dicht um seinen Hals geschlungen ist, und eine nachträgliche, mittelst einer Schnapsflasche, die in seiner Manteltasche ihren permanenten Sitz hat.

Der Schiffskommissär ist ein Mann in den Dreißigen, mit blondem Haar, schwärmerischen blauen Augen und langem Schnurrbart, während das übrige Gesicht glatt rasirt ist. Er ist von mittlerer Größe, und auf den ersten Blick scheint es, als sei er von zarter Konstitution; damit steht auch der Ton seiner Stimme in Einklang, die, wenn er leise spricht, fast wie eine Weiberstimme sich anhört.

Der Steuermann heißt Johann Fabula; der Name des Schiffskommissärs ist Michael Timar.

Der amtliche „Purifikator" sitzt am Rande der Steuer=
bank; er hat eine Kapuze über den Kopf gezogen, so daß
man nur Nase und Schnurrbart sieht; beide sind roth.
Seinen Namen hat die Geschichte nicht aufgezeichnet. Gegen=
wärtig kaut er Tabak.

An das schwere Eichenschiff ist das Boot angehängt;
darin sitzen sechs Ruderknechte, welche im Takt rudern; mit
Einem Schlag springen Alle von ihren Sitzen auf, laufen
ein, zwei Schritte ein podiumartiges Gerüst hinan, ergreifen
die Ruderstange, drücken das Ruder hinab und werfen sich
dann rücklings auf ihre Sitze zurück; nebst dem Schiffszug
bringt auch dies das Schiff vorwärts, wo der Gegendruck
des Wassers ein stärkerer ist.

Ein an das Boot angehängter Kahn schwimmt hinten
nach.

In der Thür der Doppel=Kabine steht ein Mann, der
das Aussehen eines Fünfzigers hat. Er raucht aus einem
Tschibuk türkischen Tabak. Seine Züge sind orientalisch,
haben jedoch mehr einen türkischen als griechischen Typus;
sein Anzug mit dem verbrämten Kaftan und dem rothen
runden Käppchen läßt jedoch eher auf einen Griechen oder
Serben schließen. Einem aufmerksamen Beobachter wird es
nicht entgehen, daß der rasirte Theil seines Gesichtes im
Gegensatz zu dem anderen eine viel hellere Farbe zeigt, wie

dies bei solchen der Fall ist, welche sich erst vor Kurzem ihren dichten Bart haben abnehmen lassen.

Dieser Herr ist Euthym Trikaliß, unter welchem Namen er in das Schiffsbuch eingetragen ist. Er ist der Eigenthümer der Schiffsladung; das Schiff selbst gehört dem Komorner Kaufmann Athanas Brazovics.

Aus dem Einen der Kabinenfenster guckt das Gesicht eines jungen Mädchens heraus und wird dadurch zur Nachbarin der heiligen Barbara. Man könnte glauben, ein zweites Heiligenbild vor sich zu sehen.

Dies Gesicht ist nicht blaß, aber weiß; es ist die dem Marmor, dem Kryhstall von Natur innewohnende Weiße; wie der Abyssinierin die schwarze, der Malayin die gelbe Farbe, ist die weiße dem Mädchen angeboren. Keine fremde Farbenbeimischung stört dies Weiß. Auf diesem Antlitz ruft weder der Hauch des entgegen blasenden Windes noch der es firirende Blick des Mannes eine Röthe hervor.

Allerdings ist sie erst ein Kind, kaum älter als dreizehn Jahre; aber ihre Gestalt ist hoch und schlank, ihr Antlitz ernst, wie aus Marmor gehauen, mit streng antiken Konturen, als hätte ihre Mutter sich einst an der Statue der Venus von Milo verschaut.

Ihr dichtes, schwarzes Haar besitzt einen Metallglanz, wie das Gefieder des schwarzen Schwans. Ihre Augen

aber sind dunkelblau. Die langen, zart gezeichneten Augen=
brauen stoßen auf der Stirne beinahe zusammen, was ihrem
Gesichte einen eigenthümlichen Zauber verleiht. Es ist, als
würden diese zusammenlaufenden zarten Brauen eine schwarze
Aureole bilden auf der Stirne eines Heiligenbildes.

Das Mädchen heißt Timea.

Dies sind die Passagiere der „heiligen Barbara."

Der Schiffskommissär, wenn er das Horn aus der
Hand gelegt und mit dem Senkblei untersucht hat, in wie
viel Fuß Wassertiefe das Schiff fährt, nimmt sich Zeit, gegen
das Eisengitter des Heiligenbildes gewendet, mit dem Mäd=
chen zu plaudern.

Timea versteht nur Neugriechisch, welche Sprache auch
der Kommissär geläufig spricht.

Er erklärt dem Mädchen die Schönheiten der Landschaft,
hre düsteren, grausigen Schönheiten.

Das weiße Antlitz, die dunkelblauen Augen bleiben un=
beweglich, doch lauscht das Mädchen mit gespannter Aufmerk=
samkeit seiner Rede.

Den Kommissär will es dennoch bedünken, als richteten
diese Augen ihre Aufmerksamkeit nicht so sehr auf ihn, als
auf jene Levkojen, welche zu den Füßen der heiligen Bar=
bara duften. Er bricht eine davon ab und reicht sie dem Kinde,
damit es aus der Nähe höre, was die Blumen sich erzählen.

Der Steuermann sieht das, dort von der Steuerbank, und es mißfällt ihm.

„Sie thäten besser — brummt er mit einer Stimme, die wie das Raspeln einer Feile klingt — statt die Blumen vor der Heiligen abzureißen und jenem Kinde dort zu schenken, ein geweihtes Weidenkätzchen an der Lampe anzuzünden; denn wenn der Herr Jesus uns an jenen Steingötzen treibt, wird auch der Herr Christus uns nicht mehr retten. Hilf Jesus!"

Diesen Segenswunsch würde Johann Fabula, auch wenn er allein gewesen wäre, vor sich hingesprochen haben; da aber der Purifikator gerade neben ihm saß, so entstand daraus folgendes Zwiegespräch:

„Warum aber müssen die Herrschaften gerade bei so großem Sturm das Eiserne Thor passiren?"

„Warum?" — antwortete Johann Fabula, der auch jetzt seiner löblichen Gewohnheit nicht vergaß, sich zur Sammlung seiner Gedanken vorher durch einen Schluck aus der strohumsponnenen Branntweinflasche zu stärken — „warum? aus keinem andern Grunde, als weil wir Eile haben. Zehntausend Metzen Weizen sind auf unserem Schiff. Im Banat ist nichts gewachsen; in der Walachei hatten wir eine gute Ernte. Heut ist Michäli, wenn wir uns nicht sputen, ereilt uns der November und wir frieren ein."

„Und wie so glauben Sie, daß schon im November die Donau zufrieren wird?"

„Ich glaube es nicht, sondern ich weiß es. Der Komorner Kalender sagt es. Sehen Sie nur in meinem Zimmer nach; dort hängt er über meinem Bett."

Der Purifikator zog seine Nase noch tiefer in die Kapuze hinein und spuckte ein und das anderemal Stücke seines Kautabaks in die Donau.

„Spucken Sie doch bei solchem Wetter nicht in's Wasser; die Donau verträgt das nicht. Was aber der Komorner Kalender sagt, ist ein Evangelium. Gerade vor zehn Jahren hat er auch prophezeit, daß im November Frost eintreten wird. Ich trachtete daher auch mit aller Eile nach Hause zu kommen mit meinem Schiff. Ich war auch damals auf der heiligen Barbara. Die Anderen lachten mich aus. Am 23. November aber trat plötzlich Kälte ein, und die Hälfte der Schiffe fror ein, die einen bei Apathin, die Andern bei Földvar. Da war an mir die Reihe zu lachen. — Hilf Jesu Christ! — Taucht an am Ruder! He..e..e!"

Der Wind legte sich wieder wüthend gegen das Schiff. Dicke Schweißtropfen rannen dem Steuermann über die Wangen herab, während er bemüht war, das Steuerruder herumzureißen, doch bedurfte er dazu keiner Beihilfe. Er belohnte sich dafür mit einem Schluck Branntwein, nach dem seine Augen noch gerötheter aussahen.

„Nun, wenn uns der Herr Jesus nur an diesem Steinpfeiler vorüber hilft!" stöhnte er mitten in seiner Anstrengung. „Taucht an, ihr Jungen, dort am Ruder! Wenn wir nur glücklich um diesen Stein herumkommen!"

„Dann kommt noch ein Zweiter."

„Ja, und noch ein Dritter, und ein Dreizehnter und wir müssen beständig den Meßnergroschen im Munde bereit halten, denn in jeder Stunde stolpern wir über unsern Sargdeckel hinweg."

„Hören Sie einmal, guter Freund", sagte der Purifikator, seine ganze Tabakrolle aus dem Munde herausnehmend, „Euer Schiff, glaube ich, führt nicht blos Weizen."

Meister Fabula sah dem Purifikator unter die Kapuze und zuckte mit den Achseln.

„Was kümmert's mich. Wenn Kontrebande auf dem Schiff ist, bleiben wir wenigstens nicht in der Kontumaz und kommen schneller vorwärts."

„Wie so?"

Der Steuermann beschrieb mit der Faust hinter seinem Rücken einen Cirkel, worauf der Purifikator in ein lautes Gelächter ausbrach. Hatte er wohl den Sinn der Pantomime verstanden?

„Da sehen Sie nur", sprach Johann Fabula, „seitdem ich das letztemal hier gefahren bin, hat der Stromlauf sich schon wieder verändert; wenn ich jetzt nicht vor den Wind hinsteuere, so gerathen wir in den neuen Wirbel hinein, der unter dem „Felsen der Liebenden" entstanden ist. — Sehen Sie, wie dies höllische Ungethüm da beständig dicht neben unserm Schiff herschwimmt? Das ist ein alter Hausen. Er hat mindestens seine fünf Centner. Wenn diese Bestie so mit dem Schiff um die Wette schwimmt, dann giebt's immer ein Unglück. Hilf Jesus! Wenn er mir nur so nahe käme, daß ich ihm den Enterhaken in den Rücken stoßen könnte, Hilf Jesus! — Dieser Kommissär schleicht schon wieder um die Griechin herum, statt den Vorreitern zu tuten. Die bringt uns auch nur Unglück. Seitdem sie auf dem Schiff ist, bläst immer der Nordwind. Mit der ist's auch nicht richtig. Weiß ist sie, wie ein Geist und ihre Augenbrauen stoßen an einander, wie bei den Hexen. — Herr Timar, tuten Sie doch den Vorreitern: Ho — ho — ho!"

Herr Timar griff aber nicht zum Schiffshorn, sondern fuhr fort, der weißen Maid Märchen zu erzählen von den Felsen und Katarakten.

Denn vom Eisernen Thor angefangen bis hinauf nach Clissera knüpft sich an jede Felsenschlucht, jede Höhle der beiden Ufer, an jede Klippe oder Insel und jeden Wirbel des Strombettes eine Geschichte; irgend ein Feenmärchen, eine Volkssage, oder ein Räuber-Abenteuer, wovon die Geschichtsbücher erzählen, oder die in den Felsen gehauenen Inschriften, oder die Lieder der Volkssänger, oder die mündlichen Ueberlieferungen der Fischer. Es ist dies eine zu Stein gewordene Bibliothek; die Benennungen der Felsen sind die nach außen gekehrten Rücken des Einbands, wer die Bücher zu öffnen versteht, der kann einen Roman aus jedem herauslesen.

Michael Timar war schon zu Hause in dieser Bibliothek; er hat mit dem seiner Obhut anvertrauten Schiff den Weg durch's Eiserne Thor schon öfter zurückgelegt; jeder Stein, jede Insel ist ihm bekannt.

Vielleicht mochte er mit seinen Geschichten und Märchen noch einen andern Zweck verfolgen, als den der bloßen Befriedigung der Neugierde des Mädchens. Wenn ein zart besaitetes Geschöpf eine große Gefahr durchzumachen hat; welche selbst das gestählte Herz starker Männer erbeben macht, dann pflegen wohl Diejenigen, die mit den Schrecknissen schon vertraut sind, die Aufmerksamkeit des damit noch Unbekannten abzulenken in das Reich der Wundermärchen. War es vielleicht das?

So lange Timea der Erzählung lauschte, wie der heldenmüthige Mirko mit seiner Geliebten, der treuen Milieva, sich auf die Spitze des Felsen Liubigaja dort mitten in der Donau geflüchtet; wie er dort, Einer allein, den halsbrecherischen Aufgang zu seinem Asyl gegen die ganze Söldnerschaar des ihm nachsetzenden Assan vertheidigte; wie die Beiden lange Zeit hindurch von den Zicklein sich nährten, welche der auf dem Felsen horstende Steinadler seinen Jungen ins Nest brachte — achtete sie gar nicht des Getöses, welches die Wellenbrandung an dem in immer drohendere Nähe rücken= den Liubigaja=Felsen verursachte und jagten ihr die weißen aufschäumenden Wogen keine Furcht ein, welche der Strom hier in seinem verengten Bette im Kreise dreht; die Schiffer haben diesen weißwolligen Wogenkämmen die Benennung, „Ziegen" gegeben.

„Wär' auch gescheiter, Sie würden, statt rückwärts, vor= wärts schauen", brummte der Steuermann und strengte dann seine Kehle zu einem lauten Ruf an.

„Haho . . . o! Herr Kommissär, was kommt uns da entgegen?"

Der Kommissär sah sich um und erblickte nun den Gegenstand, auf den der Steuermann ihn aufmerksam machte.

Das Schiff fuhr jetzt mitten im Tatalia=Paß, wo die Donau nur noch zweihundert Klafter breit ist und einen rapiden Fall hat. Sie hat hier das Aussehen eines herab=

stürzenden Wildbaches — nur daß dieser Bach die Donau ist.

Und dazu wird hier der Strom auch noch in zwei Theile getrennt durch eine Felsenmasse, deren First mit Moos und Gebüsch bewachsen ist; an der Westseite bricht sich das Wasser und gabelt sich in zwei Arme, von denen der eine unter den steilen Felsenwänden des serbischen Ufers dahinschießt, während der andere sich durch einen im Felsenbett ausgehauenen fünfzig Klafter breiten Kanal ergießt, in welchem die größeren Schiffe stromab= und stromaufwärts fahren können. An diesem Orte ist's nicht räthlich, daß zwei Schiffe einander entgegenkommen, denn das Ausweichen ist mit großen Gefahren verbunden. Nördlich befinden sich unter dem Wasserspiegel viele Klippen, an denen das Schiff leicht scheitern kann, und südlich liegt der große Strudel, den die unterhalb der Insel wieder zusammenströmenden Arme bilden; erfaßt dieser das Schiff, so giebt es keine menschliche Macht, die es retten könnte.

Die Gefahr, welche der Steuermann in der Frage: „Was kommt uns dort entgegen?" angekündigt hatte, war sonach eine sehr ernste.

Ein im Tatalia=Paß entgegenkommendes Fahrzeug bei so hohem Wasserstande und unter solchem Winddruck!

Michael Timar verlangte das Fernrohr zurück, das

Timea in der Hand hielt und das er ihr gegeben hatte, um die Stätte besser ausnehmen zu können, von der aus einst Mirko die schöne Milieva vertheidigt hatte.

Bei der westlichen Krümmung der Donau zeigte sich eine dunkle Masse mitten im Wasser.

Michael Timar fixirte sie mit seinem Fernrohr und rief dann dem Steuermann zu:

„Eine Mühle!"

„Heiliger Jesu! Dann sind wir geschlagene Leute!"

Eine Donaumühle trieb in der raschen Strömung auf sie zu. Wahrscheinlich hatte der Sturm sie von der Uferkette losgerissen. Voraussichtlich ist das Fahrzeug ohne Steuermann, ohne Ruderer, die sich sonder Zweifel an's Ufer geflüchtet haben. So treibt es, sich selbst überlassen, in's Blinde einher, die Mühlen, die es auf seinem Wege findet, der Reihe nach wegfegend, und die ihm entgegenkommenden Lastschiffe, wenn sie nicht rasch genug auszuweichen im Stande sind, in den Grund fahrend.

Wie aber soll man hier ausweichen zwischen Scylla und Charybdis?

Michael Timar sprach kein Wort, gab Timea das Fernrohr zurück, sagte ihr, wo sie damit noch besser das Nest der Adler sehen könne, deren Urahn einst die Liebenden gefüttert; dann warf er eilig seinen Ueberrock ab, sprang ins Boot unter die Ruderknechte und hieß fünf derselben mit ihm in den Kahn hinübersteigen; den kleinen Anker und das dünne Tau sollten sie mitnehmen und dann den Kahn losbinden.

Trikaliß und Timea verstanden seine Befehle nicht, die er ungarisch ertheilt hatte, in einer Sprache, deren sie unkundig waren. Ebenso unverständlich blieb ihnen, was der Kommissär dem Steuermann zurief.

„Der Schiffszug soll nur weiter gehen, das Schiff weder nach rechts, noch links ablenken!"

Nach wenigen Minuten konnte indessen Trikaliß schon selbst sehen, in welcher Gefahr sie schwebten. — Die losgerissene Mühle kam rasch in dem brausenden Strombette herabgeschwommen, und man konnte mit bloßem Auge das klappernde Schaufelrad ausnehmen, mit dessen Breite sie die Fahrstraße des Kanals einnahm. Wenn sie mit dem Lastschiff zusammenstößt, werden alle beide untergehen.

Der Kahn mit den sechs Männern fuhr fort, sich gegen die Strömung hinaufzuarbeiten. Vier der Männer ruderten, Einer steuerte. Der Kommissär stand vorn im Kahne mit verschränkten Armen.

Was ist ihr tolles Vorhaben? Was wollen sie in einem schwachen Kahne gegen eine Mühle, was mit menschlichen Sehnen und Muskeln gegen Strom und Sturm ausrichten?

Wäre jeder von ihnen ein Simson, die Gesetze der Hydrostatik würden doch alle ihre Kraftanstrengungen zu Nichte machen. Der Stoß, den sie gegen die Mühle führen, wird auf den Nachen zurückprallen. Entern sie auch die Mühle, so werden sie von ihr mit fortgerissen. Es ist, als wollte eine Spinne den Hirschkäfer in ihrem Netze fangen.

Der Kahn hielt sich indessen nicht in der Mitte, sondern bemühte sich, die südliche Spitze der Felseninsel zu gewinnen.

Der Strom warf solche Wogen auf, daß die fünf Männer jetzt und jetzt im Wellenthal verschwanden, und im nächsten Momente wieder oben auf dem Kamm der wilden Wogen tanzten, hin= und hergeschleudert von der entfesselten Fluth, die unter ihnen schäumte, wie im Sudkessel brodeln= des Wasser.

Zweites Capitel.
Die weiße Katze.

Die fünf Ruderknechte berathschlagten im Kahn, was zu thun sei.

Der Eine rieth, mit dem Beil eine Wand der Mühle unter dem Wasserspiegel einzuschlagen, damit sie untersinke.

Das wäre keine Rettung. Die rasche Strömung würde demungeachtet die versenkte Mühle an das Lastschiff treiben.

Ein Zweiter meinte, man solle mit Haken die Mühle entern und ihr dann vom Kahn aus mit dem Steuer eine solche Richtung geben, daß sie in den Wirbel hineingeräth.

Auch dieser Rathschlag ist zu verwerfen, denn der Wirbel würde dann auch den Kahn mit sich fortreißen.

Timar gab dem steuernden Ruderknecht den Befehl, sich in der Richtung gegen die Spitze der Perigrada=Insel zu halten, auf der sich der „Felsen der Liebenden" erhebt.

Als sie in die Nähe des Katarakts gelangten, hob er den centnerschweren Anker auf und schleuderte ihn ins Wasser, ohne daß der Kahn eine Erschütterung erlitt. Da zeigte es sich, welche Muskelkraft diesem zartgebauten Körper inne wohnte.

Der Anker zog ein großes Taugewinde nach; so tief ist dort das Wasser.

Dann befahl Timar dem Steuermann, so schnell als möglich der Mühle entgegenzufahren.

Jetzt erriethen sie seine Absicht. Er will mit dem Anker die Mühle zum Stehen bringen.

Ein schlechter Einfall, sagten die Schiffer; die Mühle wird sich dann quer über das Fahrwasser des Kanals legen und dem Schiff den Weg versperren; das Tau aber ist so lang und dünn, daß das schwere Fahrzeug es mit Leichtigkeit zerreißen wird.

Als Euthym Trikaliß vom Schiff aus diese Absicht Timar's bemerkte, schleuderte er seinen Tschibuk bestürzt aus der Hand, lief das Verdeck entlang und schrie dem Steuermann zu, er möge das Tau des Schiffes abhauen und das Schiff den Strom hinabrinnen lassen.

Der Steuermann verstand nicht griechisch; doch errieth er aus den Gesten des Alten, was dieser von ihm verlangte.

Mit großer Ruhe antwortete er, mit der Schulter an die Ruderstange gelehnt:

„Da ist nichts zu murren; Timar weiß, was er zu thun hat."

Mit der Wuth des Schreckens zog Trikaliß den Handschar aus seinem Gürtel, um selber das Seil durchzuhauen; allein der Steuermann zeigte nach rückwärts und was Euthym Trikaliß dort sah, änderte sein Vorhaben.

Von der untern Donau kam mitten im Strom ein Fahrzeug heraufgefahren. Auf Meilenweite kann ein geübtes Auge es entdecken. Es hat einen Mast, dessen Segel jetzt eingerefft sind, ein hohes Hintertheil und vierundzwanzig Ruderer.

Das Fahrzeug ist eine türkische Brigantine.

Sowie er derselben ansichtig wurde, steckte Euthym Trikaliß seinen Handschar wieder in den Gürtel. Wenn beim Anblick dessen, was sich vor dem Schiffsschnabel gezeigt, sein Gesicht sich roth gefärbt hatte, wurde es jetzt fahl.

Er eilte zu Timea hin.

Diese betrachtete sich durch das Fernrohr die Felsenspitze Perigrada.

„Gieb das Fernrohr her", rief Euthym mit vor Schreck heiserer Stimme.

„Ach, wie das lieb ist!" sagte Timea, indem sie das Fernrohr hinreichte.

„Was denn?"

„Auf dem Felsen dort wohnen kleine Murmelthiere, die spielen miteinander wie Aeffchen."

Euthym richtete das Fernrohr auf das von unten kommende Fahrzeug und seine Augenbrauen zogen sich noch fester zusammen; sein Gesicht wurde leichenblaß.

Timea nahm ihm das Fernrohr aus der Hand und suchte wieder die auf dem Felsen hausenden Murmelthiere auf. Euthym hielt mit seiner Rechten ihren Leib umschlungen.

„Nein! wie sie springen und tanzen! eins überholt das andere. Wie herzig!"

Und Timea war nahe daran, von dem Arm, der sie umschlungen hielt, in die Höhe gehoben und über die Schiffsbrüstung hinabgeschleudert zu werden in die unten schäumende Fluth.

Was jedoch Euthym jetzt auf der andern Seite erblickte, gab seinem Antlitz wieder die Lebensfarbe zurück, die davon geschwunden war.

Timar, als er sich der Mühle bis auf Wurfweite genähert hatte, nahm ein großes Gewinde des Ankerseils in die rechte Hand. Am Tau-Ende war ein Haken befestigt.

Die steuerlose Mühle kam rasch näher und näher, wie ein auf den Wogen einhertreibendes vorsündfluthliches See-Ungethüm. Der blinde Zufall regierte sie. Ihr Schaufelrad drehte sich rasch im Wogenschwall und unter dem leeren Aufschüttkasten arbeitete der Mühlstein über dem Mehlbeutel, als hätte er vollauf zu thun.

In den, dem sichern Untergang geweihten Bau war kein lebendes Wesen außer einer weißen Katze, die auf dem roth angestrichenen Schindeldach saß und kläglich miaute.

Als er die Mühle erreicht hatte, schwang Timar plötzlich das Seilende mit dem Enterhaken über seinem Haupte und schleuderte es gegen das Schaufelrad.

Sowie der Haken sich in eines der Schaufelräder verbissen hatte, fing das vom Wasser getriebene Rad das Ankertau hübsch aufzuwickeln an, und gab dadurch der Mühle nach der Perigrada-Insel hin sachte ablenkende Richtung; mit ihrem eigenen Getriebe vollbrachte sie so das selbstmörderische Werk, das sie an die Klippen warf.

„Hab' ich nicht gesagt, daß Timar weiß, was er thut?" brummte Johann Fabula, während Euthym in freudiger Extase in die Worte ausbrach: „Bravo, mein Sohn!" und Timea's Hand so heftig drückte, daß diese erschrak und auch die Murmelthiere vergaß.

„Da sieh!"

Jetzt gewahrte auch schon Timea die Mühle. Sie bedurfte dazu keines Fernrohrs, denn Mühle und Schiff waren einander schon so nahe gekommen, daß in dem nur fünfzig

Klafter breiten Kanal beide kaum durch eine Entfernung von zehn Klafter von einander getrennt waren.

Gerade genug, damit das Schiff ungefährdet an der Höllenmaschine vorüber konnte.

Timea sah weder die Gefahr, noch die Rettung, nur die sich selbst überlassene weiße Katze.

Das arme Thier, als es die von Menschen bewohnte, schwimmende Behausung sich so nahe erblickte, war aufgesprungen und begann winselnd und miauend auf dem Dachfirst hin- und herzulaufen und mit den Augen die Distanz zwischen der Mühle und dem Schiff zu messen, ob sie den Sprung wagen dürfe.

„Ah, das arme Kätzchen!" rief Timea ängstlich. „Wenn es uns nur so nahe käme, um zu uns herüber zu können."

Vor diesem Mißgeschick bewahrte jedoch das Schiff dessen Schutzpatronin, die heilige Barbara — und jenes Ankertau, welches, vom Schaufelrad aufgehaspelt, immer kürzer wurde und die Mühle näher an die Felseninsel und weiter ab vom Schiff zog.

„O, das arme, schöne, weiße Kätzchen!"

„Mach Dir darum keine Sorge", tröstete sie Euthym; „wenn die Mühle an dem Felsen anfährt, wird die Katze auf's Ufer springen, und da es Murmelthiere dort giebt, wird sie dort herrlich und in Freuden leben können."

Nur daß leider die weiße Katze auf der diesseitigen Dach=
lehne herumlaufend, von der jenseits der Mühle gelegenen
Insel nichts sehen wollte.

Als das Schiff schon glücklich an der verzauberten
Mühle vorüber war, schwenkte Timea ihr Sacktuch nach
dem Kätzchen und rief ihm bald griechisch, bald in der Aller=
welts=Katzensprache zu: „Geschwind! schau Dich um! spring
an's Ufer! Zitz, Zitz! rette Dich!" aber das in Verzweiflung
gerathene Thier verstand nichts davon.

In dem Augenblicke dann, wo das Hintertheil des
Schiffes die Mühle passirt hatte, wurde diese von der Strö=
mung plötzlich umgedreht, wobei das um das Schaufelrad ge=
wickelte Tau riß und die also freigewordene Mühle in der
Uferströmung pfeilschnell dahinschoß.

Die weiße Katze sprang in keuchender Angst den Dach=
first hinan.

„Ah!"

Die Mühle aber rannte in ihr Verderben.

Hinter der Insel ist der Wirbel.

Es ist einer der merkwürdigsten Strudel, welche von
Flußriesen gebildet werden. Man findet ihn auf jeder
Schifferkarte durch zwei im Winkel gegen einander gerichtete
Pfeile bezeichnet. Wehe dem Fahrzeug, welches in die Rich=

tung eines dieser Pfeile hineingeräth! Um den riesigen Wasser=
trichter wallt und schäumt es, wie in einem Sudkessel, und
in der Mitte des Kreiswirbels gähnt klaftertief der nasse
Abgrund. Dieser Strudel hat ein 120 Fuß tiefes Loch im
Felsengrund ausgewaschen und was er in dies tiefe Grab
mit sich hinabreißt, holt kein Mensch mehr hervor; ist's aber
selber ein Mensch, dann mag er zusehen, wie er mit der
Auferstehung zurecht kommt! Die Strömung trug nun die
losgerissene Mühle in diesen Strudel.

Bis sie dahin gelangte, bekam sie einen Leck im Boden
und legte sich halb um; das Schaufelrad mit dem Well=
baum stand gerade gen Himmel empor; die weiße Katze lief
den Wellbaum bis an die Spitze hinan und stand dort,
einen Katzenbuckel machend; der Wirbel erfaßte den Bretter=
bau und trieb ihn in weitem Kreise herum, vier=, fünfmal
drehte sich die Mühle um sich selbst herum, in allen Fugen
ächzend und krachend, dann verschwand sie unter dem Wasser.

Mit ihr auch die weiße Katze.

Timea zuckte zusammen und verhüllte sich das Antlitz
mit ihrem Shawl.

Aber die heilige Barbara war gerettet.

Den rückkehrenden Schiffsknechten drückte Euthym die
Hand; Timar umarmte er.

Timar mochte erwartet haben, daß auch Timea ihm ein freundliches Wort sagen werde.

Timea aber fragte ihn nur, mit verstörtem Antlitz nach dem Strudel zeigend:

„Was ist aus der Mühle geworden?"

„Splitter und Spähne!"

„Und aus dem armen Kätzchen?"

Die Lippen des Mädchens bebten und in ihre Augen trat eine Thräne.

„Mit dem ist's aus."

„Aber Mühle und Katze gehörten doch sicher irgend einem armen Menschenkind", sagte Timea.

„Gewiß, aber wir mußten unser Schiff und unser Leben retten, sonst wäre das Schiff gescheitert und der Strudel hätte uns hinabgezogen in jenen Abgrund, um dann nur mehr unsere Gebeine an's Ufer auszuspeien."

Timea sah den Mann, der dies sagte, durch das Prisma der in ihren Augen schwimmenden Thränen an.

Es war eine fremde, ihr unverständliche Welt, in welche sie durch diese Thränen blickte.

Daß es erlaubt sein sollte, die Mühle eines armen Mitmenschen in den Strudel zu drängen, um das eigene Schiff zu retten, daß es erlaubt, eine Katze zu ersäufen, damit wir selber nicht in den Fluthen umkommen! — das wollte ihr nicht in den Sinn.

Von diesem Augenblicke an lauschte sie nicht mehr seinen Wundermärchen, sondern vermied ihn, wo er sich zeigte.

Drittes Capitel.

Ein Salto mortale mit einem Mammuth.

Timar hatte übrigens jetzt auch keine Zeit zum Märchen=
erzählen; denn noch hatte er sich kaum ausgeschnauft von den
Anstrengungen des lebensgefährlichen Kampfes, als Euthym
das Fernrohr ihm hinreichte und nach rückwärts auf die
Stelle wies, nach welcher er ausschauen solle.

„Kanonenboot ... mit vierundzwanzig Rudern ... Bri=
gantine „Saloniki."

Timar setzte nun das Fernrohr nicht mehr ab, bis dicht
hinter den Felsen der Perigrada=Insel das andere Schiff
seinen Blicken sich entzog.

Dann plötzlich ließ er das Fernrohr sinken und führte
das Horn zum Munde, in das er zuerst dreimal, dann sechs=
mal hintereinander stieß, worauf die Treiber ihre Pferde
schärfer antrieben.

Die Felseninsel Perigraba ist von zwei Donauarmen umflossen. Der am serbischen Ufer gelegene Arm ist derjenige, in welchem Lastschiffe donauaufwärts fahren können. Dies ist die bequemere, sichere und billigere Fahrstraße, denn hier kann man mit der halben Anzahl Pferde das Schiff aufwärts ziehen. Dem rumänischen Felsenufer entlang ist zwar auch ein schmales Felsenbett ausgehöhlt, in welchem gerade für ein Schiff Raum ist; hier aber kann man das Schiff nur mit Ochsen ziehen, von denen manchmal bis hundertzwanzig vorgespannt werden. Der andere Donauarm wird oberhalb der Perigraba-Insel noch durch eine kleinere Insel, welche sich quer vorlegt, eingeengt, welche den Namen Reskival hat. (Gegenwärtig ist diese Insel schon zur Hälfte in die Luft gesprengt, zur Zeit unserer Geschichte jedoch existirte noch die ganze Insel.) In dem durch beide Inseln entstandenen Engpaß schoß der Strom pfeilschnell dahin; oberhalb dieses Engpasses aber bildet er zwischen den beiden Felswänden gleichsam einen großen See.

Nur daß dieser See keinen glatten Spiegel hat, denn es wogt beständig in ihm, und er friert selbst im strengsten Winter nicht zu. Der Boden dieses Sees ist nämlich mit Klippen übersäet; einige derselben sind unter dem Wasser verborgen, während andere mehrere Klafter hoch als ungeschlachte Steingebilde hervorragen und bemüht sind, den Benennungen, die man ihnen gegeben, so gut es eben geht, Ehre zu machen.

Dort starren der „Golubacska", „Mare" und „Mika" einander an, mit dem von Wildtauben bewohnten Felsenloch; dort erhebt sich vorgebeugt der drohende „Ratbojnik"; der „Horan-Mare" reckt nur das Haupt hervor, über die beiden Schultern stürzen die Wellen dahin; der „Piatra Klimere" dagegen zwingt die anbrandende Fluth zur Umkehr, und eine Legion noch namenloser zerstreuter Klippen verräth ihre Anwesenheit durch das Glitzern des Wassers, das sich an ihnen bricht.

Es ist dies die gefährlichste Stelle für Schiffer aller Nationen. Noch jetzt wagen sich gestählte Seefahrer, Engländer, Türken, Italiener, welche auf allen Meeren zu Hause sind, nur mit ängstlicher Scheu in dies Felsenbett.

An dieser Stelle ereignen sich die meisten Schiffbrüche. Hier scheiterte auch im Krimkriege das prächtige eiserne Kriegsschiff der türkischen Regierung, die „Silistria". Es war nach Belgrad beordert und hätte vielleicht den Dingen eine ganz neue Wendung gegeben, wenn nicht die Spitze einer für die weise Friedenspolitik schwärmenden Klippe der Insel Reskival ihm einen so unsanften Stoß in die Rippen versetzt hätte, daß es genöthigt war, dort liegen zu bleiben.

Und dieser See mit dem gefährlichen Klippengrund hat

dennoch eine Durchfahrt, nur daß die wenigsten Schiffer sie kennen und nicht leicht Einer sie zu benützen wagt.

Diese Durchfahrt ermöglicht den Schiffen, vom serbischen Ufer in den Felsenkanal am rumänischen Ufer überzusetzen.

Diesen letzteren Kanal sperrt seiner ganzen Länge nach eine fortlaufende Felsenbank von der übrigen Donau ab, man kann nur bei Szvinicsa in denselben einfahren nnd nur bei Szkela=Gladova herauskommen.

Dies ist der Salto mortale mit einem schwimmenden Mammuth.

Der Kommissär hat dreimal und dann sechsmal nach= einander in's Horn gestoßen; die Treiber wissen schon, was das zu bedeuten hat; auch der Schiffszugführer ist abge= sessen — er hat seine guten Gründe dafür — und nun be= ginnen sie mit großem Geschrei und Peitschengeknalle die Pferde anzutreiben. Das Schiff fährt schnell gegen den Strom.

Das Horn bläst neunmal.

Die Treiber hauen wie rasend in die Pferde hinein; die armen Pferde verstehen den Zuruf und die Schläge, und ziehen an, daß das Tau bis zum Reißen gespannt ist. Fünf Minuten solcher Arbeit sind aufreibender, als eine ganze Tagesarbeit.

Jetzt tönt das Horn zwölfmal nacheinander. Menschen und Pferde raffen den letzten Rest ihrer Kraft zusammen;

jetzt und jetzt glaubt man, sie werden zusammenbrechen; das Schiffstau, das drei Zoll dicke Seil, ist straff, wie die ausgespannte Armbrustsehne, und der eiserne Kolben, um den das Seil gewunden, wird brennend heiß, als wäre er im Feuer geglüht; der Schiffskommissär steht neben dem Seil, ein scharfes Schiffsbeil in der Hand.

Als das Schiff am schnellsten dahinschoß, hieb er mit einem Beilschlag das Tau am Schiffsschnabel entzwei!

Das gespannte Seil schnellte dröhnend, wie eine gespannte Riesensaite hoch in die Lüfte empor; die Pferde des Schiffszuges fielen der Reihe nach um, und das vorderste brach sich das Genick; sein Reiter war deshalb wohlweislich schon früher abgestiegen; das des Zugseils ledige Schiff änderte plötzlich seinen Kurs, indem es, den Schnabel dem nördlichen Ufer zugekehrt, gegen die Strömung den Fluß quer zu durchschneiden begann.

Die Schiffer nennen dies kühne Manöver das „Durchhauen".

Das schwere Schiff wird jetzt durch nichts getrieben, weder durch Dampf, noch durch Ruder; es hat sogar die Strömung gegen sich; es ist lediglich die Nachwirkung des erhaltenen Choc's, welche es zum jenseitigen Ufer hinüberträgt.

Diese Fortbewegungskraft zu berechnen, sie mit der zu

durchlaufenden Distanz und mit der sie vermindernden Gegen=
kraft ins richtige Verhältniß zu bringen, würde jedem fach=
männisch gebildeten Ingenieur zur Ehre gereichen; der ge=
meine Schiffsmann hat dies auf empirischem Wege gelernt.

Von dem Augenblicke an, wo Timar das Schiffsseil
gekappt hatte, war das Leben aller auf dem Fahrzeuge Be=
findlichen in die Hände eines einzigen Menschen gelegt, in
die des Steuermannes.

Johann Fabula zeigte jetzt, was er zu leisten im
Stande sei.

„Hilf Jesu! Hilf Jesu Christ!" brüllte er; aber er
legte die Hände nicht in den Schoß. Vor ihm rannte das
Schiff mit beflügelter Geschwindigkeit in den von der Donau
gebildeten See hinein; für das Steuerruder waren jetzt zwei
Menschen nöthig, und auch diese vermochten kaum das ins
Laufen gerathene Ungeheuer zu zügeln.

Timar stand mittlerweile am Schiffsschnabel und maß
mit dem Senkblei die Tiefe des Bette, in der einen Hand
hielt er die Schnur, die andere streckte er in die Luft empor,
und zeigte mit den Fingern dem Steuermann an, wie viel
Fuß Kielwasser das Schiff noch unter sich habe.

„Hilf Jesu Christ!"

Der Steuermann kannte die Felsen, an denen sie vor=

überkamen, so gut, daß er auch anzugeben im Stande ge=
wesen wäre, um wie viel Fuß die Donau seit der letzten
Woche an ihnen höher gestiegen war. In seiner Hand ruht
das Steuer sicher; würde er eine einzige falsche Bewegung
machen, wäre es auch nur um eine Spanne breit, würde
das Schiff einen Ruck erhalten, der seinen Kurs auch nur
eine Minute lang unterbräche: dann triebe das Schiff mit
Allen, die darauf sind, schnurstracks in den zwanzig Klafter
breiten Perigrada=Strudel hinein; dort würde es der ver=
sunkenen Mühle und das schöne weiße Kind dem schönen
weißen Kätzchen Gesellschaft leisten.

Schon sind sie glücklich über die Untiefe vor den Res=
kival=Katarakten hinweg. Das ist die schlimmste Stelle; der
Gang des Schiffes wird schon langsamer, die Wirkung der
bewegenden Kraft ist von der Gegenströmung schon parally=
sirt und der Wassergrund ist besäet mit spitzigen Klippen.

Timea sah, über das Schiffsgeländer vorgebeugt, ins
Wasser hinab. Von den durchsichtigen Wellen reflektirt er=
schienen die Felsenmassen, ganz nahe mit ihren lebhaften
bunten Farben, eine Riesenmosaik aus grünen, gelben, rothen
Steinfragmenten; zwischen ihnen schossen silberglänzende Fische
mit ihren rothen Floßfedern hin und her. Sie ergötzte sich
so daran!

Tiefes Schweigen war über diese Scene ausgebreitet;

jedermann wußte, daß er jetzt über seinem Friedhofe schwamm: nur Gottes Barmherzigkeit hat er es zu verdanken, wenn er unter den vielen Steinen da unten nicht seinen Grabstein findet. Nur das Kind fühlt keine Regung von Furcht.

Das Schiff war jetzt in einen buchtartigen Felsenkreis gelangt. Die Schiffer haben diesem Felsen die Benennung „Flinten-Felsen" gegeben; vielleicht weil der Schall der Brandung an das beständige Knattern eines Gewehrfeuers erinnert.

Der Hauptarm der Donau staut sich hier und bildet ein tiefes Bett. Die blinden Klippen sind hier nicht gefährlich, weil sie tief unter dem Wasserspiegel liegen; unten in der dunkelgrünen Tiefe sieht man die nur selten sich bewegenden trägen Massen der Meeresgäste, den riesigen Hausen und den centnerschweren alten Hecht, bei dessen Erscheinen die bunte Schaar der ruhenden Fische auseinander stäubt.

Timea staunte die Spiele der Wasserbewohner an; es war gleichsam ein Amphitheater — aus der Vogelperspektive betrachtet.

Plötzlich fühlt sie sich von Timar am Arm ergriffen, der sie vom Schiffsgeländer wegreißt, in die Kajüte stößt und die Thüre heftig hinter ihr zuschlägt.

„Aufgeschaut! hahoo!" brüllte draußen das Schiffsvolk wie aus einem Munde.

Timea wußte nicht was da vorgeht? warum man so unsanft mit ihr verfährt? und sie lief zum Kajütenfenster, um hinauszusehen.

Es war weiter nichts geschehen, als daß das Schiff auch die Flinten-Felsenbucht glücklich passirt hatte und sich nun anschickte, in den rumänischen Kanal einzufahren; aus dem Bett der Felsenbucht ergießen sich die Wasser so jäh in den Kanal, daß sie hier einen wahren Wasserfall bilden, so daß hier der gefährlichste Moment, das salto mortale ist.

Als Timea zum Kajütenfensterchen hinausschaute, sah sie nur, daß Timar am Schiffschnabel stand, einen Enterhaken in der Hand; dann entstand plötzlich ein schreckliches, tosendes Geräusch; ein riesiger schaumgekrönter Wellenberg schlug über den Vordertheil des Schiffs, seinen Gischt bis ans Kajütenfenster spritzend, so daß Timea einen Augenblick ganz blind davon wurde. Als sie im nächsten Moment wieder hinausschaute, war der Kommissär schon nicht mehr am Schiffsschnabel zu sehen.

Draußen war großer Lärm. Timea stürzte zur Thüre hinaus. Dort traf sie mit ihrem Vater zusammen.

„Gehen wir unter?" rief sie.

„Nein! Das Schiff ist gerettet. Aber der Kommissär ist ins Wasser gefallen."

Timea hatte das gesehen; vor ihren Augen hatte ja die Woge ihn vom Schiffsschnabel hinweggespült.

Aber deshalb pochte ihr Herz nicht lauter als sie das Wort vernahm.

Seltsam!

Als sie die weiße Katze in den Wellen untergehen sah, war sie in Verzweiflung gerathen; damals konnte sie ihre Thränen nicht zurückhalten und jetzt, wo die Wogen den Schiffskommissär verschlangen, sagte sie nicht einmal: „der Arme!"

Ja, aber die Katze hatte jedermann so kläglich gewimmert, und dieser Mensch trotzt der ganzen Welt. Das weiße Kätzchen war ein so herziges liebes Thier, der Schiffskommissär aber ist ein garstiger Mann. Und endlich mußte Kätzchen sich nicht selbst zu helfen, der Schiffskommissär aber ist ein starker, gewandter Mensch, der sich gewiß heraushilft — dafür ist er ja ein Mann.

Das Schiff war nach dem letzten salto mortale gerettet und schwamm im sicheren Fahrwasser des Kanals; die Schiffsknechte liefen mit Enterhaken zum Boot, um den verschwundenen Kommissär zu suchen. Euthym hielt eine Börse hoch in der Hand als Preis für die Rettung Timar's.

„Hundert Dukaten als Belohnung demjenigen, der ihn lebend aus dem Wasser bringt!"

„Behalten Sie nur Ihre hundert Dukaten, mein Herr!" erscholl die Stimme des gesuchten Mannes vom entgegengesetzten Schiffsende her. „Ich komme schon selbst."

Man sah ihn, wie er am Hintertheil des Schiffes am Ankertau aus dem Wasser emporkletterte. Um den braucht man sich nicht zu ängstigen, der geht nicht so leicht verloren.

Und dann, als ob nichts vorgefallen wäre, fing er wieder an, herumzukommandiren.

„Anker werfen!"

Der drei Centner schwere Anker wurde in's Wasser hinabgelassen, worauf das Schiff mitten im Kanal stehen blieb, Donau aufwärts durch die Felsen ganz den Blicken entzogen.

„Und jetzt mit dem Kahn an's Ufer!" befahl Timar drei Ruderknechten.

„Ziehen Sie trockene Kleider an," rieth ihm Euthym.

„Das wäre unnütze Zeitverschwendung", erwiderte Timar. „Ich werde heute noch mehr als Eine Wassertaufe erhalten. Jetzt bin ich doch wenigstens schon wasserdicht. Wir haben Eile."

Die letzten Worte hatte er Euthym in's Ohr geflüstert.

Euthym's Augen blitzten zustimmend.

Der Kommissär aber sprang in den Kahn, und fing an, selbst zu rudern, um schneller das am Ufer gelegene Haus zu erreichen, wo Zugthiere zu bekommen waren; er trommelte in aller Geschwindigkeit achtzig Stück zusammen; inzwischen wurde das neue Zugtau am Schiff befestigt, die Ochsen wurden vorgespannt, und ehe noch eine halbe Stunde verstrichen war, setzte die „heilige Barbara" ihren Weg durch das Eiserne Thor fort, und zwar an der entgegengesetzten Uferseite.

Als Timar an Bord des Schiffes zurückkehrte, waren ihm schon alle Kleider am Leibe getrocknet von der großen Anstrengung.

Das Schiff war gerettet, — vielleicht zweifach gerettet und mit ihm die ganze Schiffsladung, Euthym und Timea.

Was aber gehen ihn diese an, daß er sich so abmüht? Er ist ja doch nur der Kommissär, der „Schiffsschreiber," und bezieht als solcher eine knapp genug bemessene Jahresbesoldung; ihm kann es einerlei sein, ob das Schiff in seinem Bauche Weizen, oder geschwärzten Tabak, oder echte Perlen führt: sein Lohn bleibt derselbe.

So dachte auch der „Purifikator" bei sich, der, als sie den rumänischen Kanal erreicht hatten, sein Zwiegespräch mit dem Steuermann wieder aufnahm, wozu bis dahin keine Zeit gewesen.

„Gesteht nur, Landsmann, daß wir in unserm Leben noch nie so nahe daran gewesen, alle mit einander in die Hölle zu fahren, als am heutigen Tage."

„Damit hat's seine Richtigkeit," antwortete Johann Fabula.

„Aber wozu hatten wir nöthig, das Experiment zu machen, ob man am heiligen Michaelitage ersaufen kann?"

„Hm!" machte Johann Fabula, und that einen kurzen Schluck aus der Branntweinflasche. „Was für eine Löhnung hat der Herr?"

„Zwanzig Kreuzer täglich," antwortete der Purifikator.

„Warum also hat der Teufel Sie hierher geritten, um für zwanzig Kreuzer Ihr Leben zu plagen? Ich hab' Sie nicht gerufen. Ich bekomme einen Gulden täglich und freie Kost. Ich hab' also um vierzig Kreuzer mehr Raison, mein Leben auf's Spiel zu setzen, als der Herr. Was für Schmerzen haben Sie jetzt?"

Der Purifikator schüttelte den Kopf und warf die Kapuze zurück, um besser verstanden zu werden.

„Hört," sagte er, „mir kommt es vor, als ob dies türkische Schiff auf das Eurige Jagd machte, und als suchte die „heilige Barbara" ihm jetzt zu entkommen."

„Hm!" machte abermals der Steuermann sich stark räuspernd, wovon er plötzlich so heiser wurde, daß er keinen Laut mehr von sich geben konnte.

„Na, mir liegt nichts daran," sagte achselzuckend der Purifikator, „ich bin österreichischer Granitschar, ich habe nichts gemein mit den Türken; aber ich weiß, was ich weiß."

„Nun, so erfahre der Herr, was er noch nicht weiß," sagte Johann Fabula, der plötzlich seine Stimme wieder= bekommen hatte. „Freilich verfolgt uns das türkische Schiff und um seinetwillen haben wir uns aus dem Staub gemacht; denn sieht der Herr, das Mädel dort mit dem weißen Ge= sicht hat man in den Harem des Sultans nehmen wollen; aber ihr Vater hat's nicht zugegeben; lieber ist er mit ihr aus der Türkei durchgebrannt und jetzt handelt sich's darum, je eher ungarisches Land zu erreichen, dort kann ihnen der Sultan nichts mehr anhaben. Na, jetzt weiß der Herr Alles; fragen Sie also nichts weiter, sondern gehen Sie lieber zum Heiligenbild der Sanct Barbara und zünden Sie das Lämpchen davor frisch an, wenn die Sturzwelle es etwa ausgelöscht hat; und dann vergessen Sie auch nicht, drei ge= weihte Weidenkätzchen daran zu verbrennen, wenn Sie ein richtiger katholischer Christ sind."

Der Purifikator richtete sich schwerfällig auf und suchte

sein Feuerzeug hervor, dann brummte er langsam vor sich in den Bart.

„Ob ich ein rechtgläubiger Katholik bin! Aber von Euch erzählt man sich, daß Ihr nur auf dem Schiff Papist seid und Kalviner, sobald Ihr den Fuß an's Land setzet; daß Ihr, so lange Ihr auf dem Wasser seid, betet, aber kaum erwarten könnt, sobald Ihr trockenes Land unter den Füßen habt, um Euch auszufluchen. Dann sagt man mir auch, daß Euer Name Johann Fabula ist, und daß Fabula auf lateinisch so viel bedeutet, als Lügenbeutel. Nun, trotzdem glaub' ich Alles, was ich von Euch gehört habe, nur seid nicht böse."

„Und daran thut der Herr auch recht; jetzt aber gehen Sie und kommen Sie nicht wieder, bis ich Sie rufe."

―――――――――

Die vierundzwanzig Ruderer brauchten von dem Punkt, wo sie die „heilige Barbara" zuerst in Sicht bekommen hatten, drei Stunden bis zur Perigrada-Insel, wo die Donau sich in zwei Arme theilt. Die Felsenmassen der Insel maskirten die ganze Donaubucht und auf der Brigantine konnte man nicht sehen, was hinter den Felsen vorging.

Schon unterhalb der Insel war die Brigantine auf schwimmende Schiffstrümmer gestoßen, welche der Strudel an die Oberfläche ausgeworfen hatte. Es waren Ueberreste der untergegangenen Mühle; doch war nicht mehr zu erkennen, ob sie einem Schiff oder einer Mühle angehört hatten.

So wie die Brigantine die Perigrada hinter sich hatte, lag vor ihr die Donau in einer Länge von anderhalb Meilen offen da, mit freier Aussicht.

Weder im Fluß, noch am Ufer war ein Lastschiff zu erblicken. Was an den Ufern lag, waren durchgehends Schifferkähne und kleine Burdschellen.

Die Brigantine fuhr noch ein Stück weiter, kreuzte auf der Donau umher und kehrte dann ans Ufer zurück. Dort erkundigte sich der türkische Schiffslieutenant bei den Uferwächtern über das ihm vorausgefahrene Lastschiff. Die Uferwächter hatten nichts gesehen, bis hierher sei das Schiff nicht gekommen.

Noch weiter fahrend, erreichte die Brigantine den Schiffszug der heiligen Barbara. Der Schiffslieutenant nahm auch die Zugtreiber ins Verhör.

Es waren lauter wackere Serben und diese klärten nun die Türken darüber auf, wo sie die heilige Barbara zu suchen hätten.

„Die hat der Perigrada-Strudel verschlungen mitsammt ihrer Fruchtladung und Mannschaft. Das Schiffsseil, wie hier zu sehen, ist abgerissen."

Die türkische Brigantine verließ die serbischen Treiber, wie sie sich in Lamentationen darüber ergingen, wer ihnen nun ihren Lohn bezahlen werde! (In Orsova, das wissen sie recht gut, treffen sie wieder zusammen, und ziehen das Schiff weiter.) Er selbst aber, der Türke, machte Kehrtum und nahm den Kurs stromabwärts.

Als er wieder zur Insel Perigrada gelangt war, erblickten die Matrosen ein auf den Wellen tanzendes Brett, das mit dem Wasser nicht weiter schwamm. Sie fischten es heraus; an dem Brett war mittelst eines eisernen Hakens ein Seil befestigt, dies Brett aber rührte vom Schaufelrad der untergegangenen Mühle her.

Man hißte das Seil herauf, an dessen Ende sich der Anker befand; auch dieser wurde heraufgezogen, und auf seinem Querholz war, mit großen Buchstaben eingebrannt, der Name „Sanct Barbara" zu lesen.

Nun war die ganze Katastrophe klar. Das Zugseil der heiligen Barbara war gerissen; dann warf sie ihren Anker aus, der aber war der Last nicht gewachsen, das Schiff gerieth in den Strudel und jetzt treiben seine Bretter auf den Wellen umher, seine Bemannung aber ruht drunten in tiefer Felsengruft.

Mash Allah! dahin können wir ihnen nicht nach!

Viertes Capitel.
Eine strenge Visitation.

Zwei Gefahren war die heilige Barbara glücklich entgangen, den Felsen des Eisernen Thors und der türkischen Brigantine; zwei waren noch übrig: die Bora und die Kontumaz in Orsova.

Oberhalb der Bucht am Eisernen Thor wird der gewaltige Strom von den steilen Uferwänden in eine, nur hundert Klafter breite Schlucht eingezwängt, durch welche die aufgestaute Wassermasse — stellenweise mit einem Fall von 28 Fuß — sich ergießt.

Die Berglehnen zeigen die übereinander gelagerten Schichten von grünem, gelbem, rothem Gestein in bunter Abwechslung, während den höchsten Grat ein Urwald der verschiedensten Baumarten, wie ein grüner üppiger Haarwuchs krönt.

Oben, noch über den dreitausend Fuß hohen Felsspitzen, kreisen in majestätischem Flug die Steinadler in dem schmalen Streifen, der vom Firmament sichtbar ist und dessen reines Blau aus der todesschaurigen Tiefe gesehen, wie eine Glaswölbung erscheint. Und weiter hinaus erheben sich noch neue Felsenmassen.

Traun, es ist ein Anblick, der alle Höllengeister herausfordert: dies ohnmächtige Fahrzeug, das weder Hände noch Füße, noch Flossen hat, wie es — eine überlastete Nußschale — in diesem engen Felsenbett aufwärts schwimmt, gegen die Strömung und den Wind; darauf aber ein Häuflein Menschen, die stolz sind auf ihren Geist, ihre Kraft, ihre Schönheit.

Und hier kann nicht einmal die Bora ihnen etwas anhaben, denn die doppelte Felsenmauer hält den Wind ab. Der Steuermann sowohl, als der Schiffszug haben jetzt leichtere Arbeit.

Aber die Bora schläft nicht!

Es war schon Nachmittag geworden. Der erste Steuermann hatte dem Untersteuermann das Steuer übergeben und war zum Schiffsherd gegangen, der sich rückwärts befand. Hier machte er sich an die Zubereitung eines „Räuberbratens", dessen Rezept darin besteht, daß man auf einen langen Holzspieß ein Stück Rindfleisch, ein Stück Speck und ein Stück

Schweinefleisch steckt und in dieser Ordnung fortfährt, worauf der Spieß über der frei lodernden Flamme so lange gedreht wird, bis das Fleisch gar ist.

Da verfinsterte sich auf einmal das schmale Stück Himmel dort oben zwischen den überhängenden Felsen, die sich zu berühren schienen.

Die Bora läßt ihrer nicht spotten.

Plötzlich jagt sie ein Gewitter vor sich auf, welches das blaue Himmelsgewölbe zwischen den beiden Bergwänden im Nu umzieht, so daß unten im Thal finstere Nacht wird. Dort oben sich aufthürmende Wolken, zu beiden Seiten dunkle Felsen. Dann und wann zuckt in der Höhe ein grüner Blitzstrahl, begleitet von einem kurzen, rasch abbrechenden Donnerschlag, als vermöchte die enge Felsenhöhlung nur einen vereinzelten Accord aus dem schrecklichen Orgelkonzert in sich aufzunehmen; dann wieder schießt mit einmal ein Blitz gerade vor dem Schiff in die Donau hernieder, und in seinem Feuerschein gleicht nun auf einen Moment der ganze Felsen-Dom einem flammenden Höllenpfuhl und rollt der Donner mit einem Krachen, als sollte die Welt einstürzen, von einem Ende zum anderen der widertönenden Titanenhalle. Der Gußregen strömt in Bächen hernieder.

Das Schiff aber muß vorwärts.

Es muß vorwärts, damit die Nacht es nicht mehr in Orsova finde.

Man sieht nichts mehr, außer beim Aufflackern des Blitzes; auch mit dem Horn dürfen keine Signale mehr gegeben werden, denn die würden auf dem rumänischen Ufer gehört werden. Allein der erfinderische Mensch weiß sich dennoch zu helfen.

Der Schiffskommissär tritt an den Schiffsschnabel, holt Stahl und Feuerstein hervor und fängt an, Feuer zu schlagen.

Dies Feuer kann der Gußregen nicht auslöschen. Dies Feuer sehen auch die Zugführer durch den Regen, und so oft der Stahl einen Funken schlägt, wissen sie aus diesem Zeichen schon, was sie zu thun haben. Vom Ufer her geben sie gleichfalls Zeichen durch Feuerschlagen. Das ist die geheime Telegraphie der Schiffer und Schwärzer am Eisernen Thor. Diese stumme Sprache haben die von einander getrennten Uferbevölkerungen zu einer großen Vollkommenheit gebracht.

Timea gefiel dies Ungewitter. Sie hatte ihre türkische Kapuze sich über den Kopf gezogen und sah zum Kajütenfenster hinaus.

„Sind wir in einer Gruft?" redete sie den Schiffskommissär an.

„Nein," sagte Timar, „aber vor einem Grabe. Jener hohe Felsen dort, der im Flammenschein der Blitze wie ein Feuerberg glüht, ist das Grab des heiligen Petrus, die „Propa lui Petro." Und die beiden anderen Steingötzen neben ihm sind die beiden „alten Weiber."

„Was für alte Weiber?"

„Nach der Volkssage stritten sich ein ungarisches und ein walachisches Weib, zu welchem der beiden Länder das Grab Sanct-Petri gehöre? Der Apostel konnte vor dem Gezänke in seinem Grab nicht schlafen, und in seinem Zorn verwandelte er sie zu Stein."

Timea lachte nicht über diesen Scherz der Volksmythe. Sie fühlte das Scherzhafte gar nicht heraus.

„Und woher weiß man, daß dies das Grab eines Apostels ist?" fragte das Mädchen.

„Weil an jenem Orte viele heilkräftige Kräuter wachsen, die man gegen allerlei Krankheiten zu sammeln pflegt und weit verführt."

„Also nennt man einen Apostel denjenigen, der noch im Grabe Andern Gutes thut?" fragte Timea.

„Timea!" erscholl aus der Kajüte der gebieterische Ruf Euthym's.

Darauf zog das Mädchen den Kopf durch das Fenster zurück und schloß die runde Jalousie. Als Timar sich wieder umsah, sah er nur mehr das Heiligenbild allein.

Das Schiff setzte trotz des Gewitters seinen Weg unverdrossen fort.

Mit einem Male hatte es dann endlich das finstere Felsengrab hinter sich und so wie die beiden Felsenmauern weiter auseinander rückten, verschwand auch die dunkle Wölbung oben. So schnell die Bora die schwarzen Wetterwolken gebracht, so schnell war sie auch mit dem Ungewitter weitergezogen und plötzlich sahen die Reisenden das liebliche Csernathal vor sich ausgebreitet. Die Berglehnen an den Ufern waren bis hinauf mit Rebenpflanzungen und Obstgärten bedeckt; die Landschaft im Golde der Abendsonne; aus grüner Ferne winkten weiße Häuser, schlanke Thürme, rothe Dächer herüber, und durch die krystallhellen Perlenschnüre der Regentropfen strahlte ein farbenprächtiger Regenbogen.

Die Donau hatte ihr unheimliches Aussehen verloren, in erweitertem Bette konnte sie behaglich sich ausdehnen und in ihrem nach Westen sich ausbreitenden saphirgrünen Spiegel erblicken die Reisenden das auf einer Insel erbaute Orsova.

. . . . Für sie das vierte, das größte Schreckbild!

Der Tag war schon zur Rüste gegangen, als die „heilige Barbara" vor Orsova anlangte.

„Morgen giebt's noch stärkeren Wind als heute," brummte der Steuermann, auf den rothen Himmel blickend.

Dort oben sah der Abendhimmel aus, als wogten Lavamassen durcheinander, in allen Nuancirungen von Feuer- und Blutroth; zerriß an einer Stelle der glühende Wolkenschleier, so sah man durch den Riß den Himmel nicht blau, sondern smaragdgrün. Unten leuchteten Berg und Thal, Wald und Weiler im Reflex der Abendröthe, in einem Glanze, der dem Auge weh' that, das nirgends einen schattigen Ruhepunkt fand; dazwischen die Donau wie ein feuriger Phlegeton, und inmitten derselben eine Insel mit Thürmen und großen massiven Gebäuden, die alle so glühen, als bildeten sie zusammen einen einzigen Schmelzofen, durch den jedes menschliche Wesen, das aus dem verseuchten Orient kommend, die Grenze des pestfreien Occidents betritt, hindurch muß, wie durch ein Purgatorium.

Was aber in diesem, Wind verkündenden Feuerschein die Nerven am meisten afficirte, war ein schwarzgelb angestrichener kleiner Kahn, der von der Szkela auf das Schiff angerudert kam.

Die Szkela ist das doppelte Gitter, durch welches die von den beiden Donauufern sich besuchenden Bewohner der Nachbarländer mit einander sprechen, feilschen und Geschäfte machen dürfen.

Die „heilige Barbara" hatte vor der Insel Anker geworfen und erwartete den herankommenden Kahn, auf dem drei bewaffnete Männer sich befanden, zwei davon mit Flinten und Bajonnet; außerdem zwei Ruderer und der Steuermann.

Euthym ging auf dem kleinen Platz vor der Kajüte unruhig auf und ab.

Timar näherte sich ihm und sagte leise:

„Der Visitator kommt."

Euthym zog aus seiner ledernen Geldkatze eine seidene Börse und nahm zwei Rollen heraus, welche er Timar in die Hand drückte.

In jeder Rolle waren hundert Dukaten.

Nicht lange, so legte der Kahn an und die drei bewaffneten Männer stiegen auf das Verdeck des Schiffes.

Der Eine ist der Zollaufseher, der Inspicient, dessen Amt es ist, die Schiffsladung zu visitiren, ob nicht Contrebande oder eine verbotene Waffensendung darunter ist.

Die zwei anderen sind Finanzwächter, welche bewaffnete Assistenz leisten und zugleich zur Kontrolirung des Inspicienten dienen, ob er die Visitation richtig vorgenomen hat.

Der Purifikator ist der offizielle Spion, welcher aufpaßt, ob die beiden Finanzwächter den Inspicienten gehörig,

kontrolirt haben. Die ersten drei bilden wiederum das amt=
liche Tribunal, welches den Purifikator in's Verhör nimmt,
ob er die Schiffspassagiere bei irgend einer pestgefährlichen
Berührung betreten hat?

Das Alles ist sehr systematisch eingerichtet; ein amtliches
Organ kontrolirt das andere und sie alle kontroliren sich
wechselseitig.

Als vorschriftsmäßige Gebühr für diese Funktionen
hat der Inspicient hundert Scheinkreuzer zu erhalten, jeder
von den beiden Finanzwächtern fünfzig und der Purifikator
auch fünfzig — was gewiß eine mäßige Taxe ist.

So wie der Inspicient das Verdeck betritt, kommt ihm
der Purifikator entgegen. Der Inspicient kratzt sich das
Ohr, der Purifikator die Nase. Eine weitere Berührung
findet nicht statt.

Der Inspicient wendet sich dann zum Schiffskommissär,
die beiden Finanzwächter pflanzen die Bajonnete auf. Jetzt
noch drei Schritt vom Leib! Man kann nicht wissen, ob der
Mensch nicht von der Pest angesteckt ist.

Das Examen beginnt.

„Woher?" „Aus Galatz." „Wie heißt der Schiffs=
eigenthümer?" „Athanas Brazovics." „Der Eigenthümer
der Schiffsladung?" „Euthym Trikaliß." „Wo sind die
Schiffspapiere?"

Bei der Uebergabe der letzteren wird schon behutsamer vorgegangen.

Eine Kohlenpfanne wird gebracht und mit Wacholderbeeren und Wermuth bestreut; die vorgewiesenen Papiere werden darüber gehalten und eingeräuchert und dann vom Inspicienten mit einer eisernen Zange in Empfang genommen, aus möglichst weiter Entfernung gelesen und hierauf wieder zurückgestellt.

Ueber die Schiffspapiere wird vorläufig nichts bemerkt.

Die Pfanne wird fortgetragen und an ihrer Stelle ein Wasserkrug gebracht.

Es ist ein weitbauchiger irdener Krug mit einer Oeffnung, durch welche auch die größte Faust hindurch kann.

Er dient dazu, die Uebergabe der Gebühr zu vermitteln.

Da die orientalische Pest sich durch nichts so leicht fortpflanzt, als durch Metallgeld, so muß der aus der Levante kommende Schiffer dasselbe zuerst in einen mit Wasser gefüllten Krug werfen, aus dem es der occidentale Sanitätswächter schon gereinigt hervorholt, gerade so, wie an der Szkela Jedermann das Geld, das er zu empfangen hat, aus einem Wasserbecken herausfischen muß.

Timar steckt die geballte Faust in den Wasserkrug, und zieht sie geöffnet wieder heraus.

Dann fährt der Inspicient mit der Hand in's Wasser, zieht sie als zusammengeballte Faust hervor und steckt sie in die Tasche.

O, er hat nicht nöthig, beim Schein der Abendröthe erst nachzusehen, was für Geld das ist. Er fühlt es am Griff, am Gewicht. Auch der Blinde erkennt den Dukaten. Er verzieht keine Miene.

Nach ihm kommen die Finanzwächter. Auch diese fischen mit ernster Amtsmiene ihre Gebühr vom Boden des Kruges heraus.

Jetzt rückt der Purifikator heran. Sein Gesicht ist streng und drohend. Von einem einzigen Wort aus seinem Munde hängt es ab, ob das Schiff zehn oder zwanzig Tage in Kontumaz liegen muß, mitsammt seinen Passagieren.

Es sind dies lauter kaltblütige Menschen, die nur ihre Dienstpflicht vor Augen haben.

Der Inspicient verlangt in mürrisch gebieterischem Tone, daß ihm der Eingang in die inneren Schiffsräume geöffnet werde. Diesem Wunsche wird willfahrt. Sie gehen ihrer drei hinab; von der Schiffsmannschaft darf Niemand folgen. Als sie allein sind, grinsen die drei pflichtstrengen Männer einander an; der Purifikator ist draußen geblieben und lacht nur in seine Kaputze hinein.

Sie binden einen der vielen Säcke auf, in dem gewiß Weizen ist.

„Nun, der ist wurmstichig genug!" lautet die Bemerkung des Inspicienten.

Wahrscheinlich ist auch in den übrigen Säcken Weizen und vermuthlich ebenso wurmstichiger.

Ueber den Visitationsbefund wird ein Protokoll aufgenommen; bei dem Einen der bewaffneten Herren befindet sich das Schreibzeug, bei dem Andern das Protokoll. Alles wird genau eingetragen. Außerdem schreibt der Inspicient noch etwas auf einen Zettel, den er zusammenlegt und mit einer Oblate verschließt, auf welche er das Amtspetschaft drückt; eine Adresse schreibt er nicht auf den Zettel.

Dann, nachdem sie alle Räume und Winkel durchstöbert, in denen nichts Verdächtiges zu finden, tauchen die drei Visitatoren wieder an's Tageslicht empor.

Eigentlich an's Mondlicht; denn die Sonne ist schon untergegangen und durch die zerrissenen Wolken guckt mit schiefem Gesicht der Mond herab, der hinter den trägen Wolken einherzulaufen scheint, bald hervorleuchtend, bald wieder verschwindend.

Der Inspicient citirt den Schiffskommissär vor sich, und gibt ihm — immer im strengen Amtstone — zu wissen, daß auf dem Schiff nichts Verbotenes gefunden wurde;

dann fordert er in demselben Tone den Purifikator auf, sich über den Gesundheitszustand des Schiffes zu äußern.

Unter Berufung auf seinen Diensteid bezeugt der Purifikator, daß alle Leute auf dem Schiffe sammt Allem, was sie mit sich führen, rein sind.

Dann wird ein Zertifikat darüber ausgestellt, daß die Schiffspapiere in Ordnung befunden wurden. Gleichzeitig werden auch die Quittungen über die gezahlten Gebühren ausgefertigt! Hundert Kreuzer dem Inspicienten, zweimal fünfzig den Finanzwächtern und fünfzig dem Reiniger. Nicht ein Kreuzer ging davon ab. Diese Quittungen werden dem Eigenthümer der Schiffsladung überschickt, welcher die ganze Zeit über aus seinem Kabinet nicht herausgekommen war. Er nimmt eben sein Abendessen ein. Ihm werden hinwiederum Gegenquittungen über die bestätigten Summen abverlangt.

Aus der Quittung und Gegenquittung erfahren dann auch der Schiffseigenthümer und die betreffenden gestrengen Herren, daß der Schiffskommissär gerade so viel Kreuzer übergeben hat, als ihm anvertraut worden, und daß auch nicht ein einziger zwischen seinen Fingern hängen geblieben.

Kreuzer! nun ja, aber von Gold.

Wohl mag Timar der Gedanke durch den Kopf ge=

gangen sein: wie es denn wäre, wenn er z. B. von den fünfzig Dukaten, welche dieser schmutzige Granitschar aus dem Kruge herausfischen soll (ein Heidengeld für solch einen Kerl!) nur vierzig hineinlegte? kein Mensch müßte darum, daß er sich zehn davon behalten. Er könnte getrost selbst die Hälfte der ganzen Summe sich aneignen, denn wer kontrolirt es denn? Diejenigen, für welche das Geld bestimmt ist, sind auch mit der Hälfte reichlich genug — belohnt.

Darauf aber mag ein anderer Gedanke in seinem Kopfe geantwortet haben.

„Was du jetzt vollführst, ist ohne Zweifel eine Bestechung. Du bestichst nicht mit Geld aus deiner Tasche, sondern Trikaliß gibt es her, weil sein Interesse es gebieterisch heischt. Du übergiebst das Geld und bist an der Bestechung so unschuldig, wie der Wasserkrug da. Warum er die Aufseher besticht, weißt Du nicht. Ob das Schiff verbotene Waare führt, ob er ein politischer Flüchtling, oder der verfolgte Held eines romantischen Abenteuers ist, der, um sein Entkommen zu beschleunigen, mit vollen Händen Geld ausstreut, was geht's dich an? Wenn dir aber ein einziges von diesen Goldstücken an den Fingern kleben bleibt, so machst du dich zum Mitschuldigen alles dessen, was vielleicht das Gewissen eines Anderen belastet. Behalte nichts davon!"

Der Inspicient ertheil. dem Schiffe die Erlaubniß, weiter zu fahren; als Zeichen dafür wurde eine weiß-rothe Fahne mit einem schwarzen Adler am Mastbaume des Schiffes aufgezogen.

Dann, nachdem hiermit amtlich anerkannt war, daß das aus der Levante kommende Schiff ganz seuchenfrei sei, drückte der Inspizient, diesmal ohne vorhergegangene Wassertaufe, dem Schiffskommissär die Hand und sagte zu ihm:

„Sie sind aus Komorn? Da kennen Sie wohl Herrn Kacsuka, Chef bei der Truppenverpflegs-Kommission. Seien Sie also so gut und übergeben Sie ihm diesen Brief, wenn Sie nach Hause kommen. Es steht keine Adresse darauf, das ist nicht nöthig. Sie werden seinen Namen ja nicht vergessen. Er klingt ähnlich wie der Name eines spanischen Tanzes. Tragen Sie ihm nur den Brief hin, sowie Sie daheim sind. Es wird Sie nicht gereuen."

Und dann klopfte er dem Schiffskommissär höchst gnädig auf die Schulter, als ob dieser ihm zu ewigem Danke verpflichtet wäre; und damit verließen alle Vier das Schiff und kehrten in ihrem schwarzgelb gestreiften Nachen zur Szkela zurück.

Die „heilige Barbara" konnte jetzt ihre Fahrt fortsetzen und wären auch alle ihre Säcke vom Schiffsboden bis zum Verdeck hinauf angefüllt gewesen mit Salz oder türkischem

Tabak, und alle ihre Passagiere mit schwarzen Blattern oder Aussatz bedeckt vom Scheitel bis zur Zehe — Niemand hätte sie mehr angehalten auf der Donau.

Nun aber war auf dem Schiffe weder Contrabande, noch eine Seuche, sondern — etwas Anderes. Timar legte das unadressirte Schreiben in seine Brieftasche und dachte nach, was wohl darin stehen möge.

Darin stand aber geschrieben:

„Schwager! Ich empfehle Dir den Ueberbringer dieses Briefes. Das ist ein „Goldmensch."

Fünftes Capitel.
Die herrenlose Insel.

Die auf dem serbischen Ufer zurückgelassenen Zugpferde setzten noch in derselben Nacht in Ueberfuhrplätten auf das ungarische Ufer über sammt dem gekappten Schiffsseil, unterwegs überall die Kunde verbreitend, das Tau sei bei dem gefährlichen Perigrader Strudel von selbst gerissen und das Schiff mit Mann und Maus zu Grunde gegangen. Am Morgen war dann im Orsovaer Hafen keine Spur mehr von der „Heiligen Barbara". Wäre zufällig der Kommandant der türkischen Brigantine auf den Einfall gerathen, auf dem Kanal inmitten des Eisernen Thores bis nach Orsova hinauf zu rudern, so hätte er hier schon nicht mehr gefunden, was er suchte; und über Orsova hinauf bis Belgrad gehört ihm nur mehr die Hälfte der Donau; auf dem ungarischen Ufer hat er nichts zu befehlen. Die Festung auf der Neu=Orsovaer Insel gehört noch ihm.

Um 2 Uhr Nachts war die „Heilige Barbara" von Orsova aufgebrochen. Nach Mitternacht pflegt der Nordwind in der Regel auszusetzen, und so mußte man die günstige Zeit benützen. Die Mannschaft hatte, um sie bei gutem Muthe zu erhalten, eine doppelte Ration Branntwein erhalten, und oberhalb Orsova ertönte wieder das melancholische Getute des Schiffshorns.

Der Aufbruch erfolgte in aller Stille; von den Wällen der Neu-Orsovaer Inselfestung tönten die lang gezogenen Rufe der türkischen Schildwachen herüber. Das Schiffshorn gab erst dann ein Signal, als bereits auch der Gipfel des „Allion" hinter den neuen Bergriesen verschwunden war.

Auf das Hornsignal kam Timea aus der Kabine heraus, wo sie einige Stunden geschlafen hatte, und ging, eingehüllt in ihren weißen Burnuß, zum Schiffsschnabel, um Euthym zu suchen, welcher die ganze Nacht sich nicht schlafen gelegt und die Kabine gar nicht betreten, ja — was noch auffallender war — nicht einmal geraucht hatte. Es war nicht erlaubt, bei Nacht irgend ein Feuer an Bord des Schiffes anzuzünden, damit man auf der Neu-Orsovaer Insel nicht aufmerksam auf das Schiff werde.

Timea mochte fühlen, daß sie einen Fehler gut zu machen habe; denn sie sprach jetzt selber Timar an und fragte ihn über die Sehenswürdigkeiten an beiden Ufern aus. Der Instinkt ihres kindlichen Herzens flüsterte ihr zu, daß sie diesem Manne zu Dank verpflichtet sei.

Die Morgendämmerung traf das Schiff in der Gegend von Ogradina. Der Kommissär lenkte dort die Aufmerksamkeit Timea's auf ein achtzehn Jahrhunderte altes Denkemal. Es war dies die in die steile Felsenwand eingehauene „Trajan=Tafel," welche von zwei geflügelten Genien gehalten wird und von Delphinen umgeben ist; auf der Tafel stehen die Gedenkzeilen, welche das Menschenwerk des göttlichen Imperators verewigen.

Timar reichte Timea das Fernrohr, um durch dasselbe die in den Stein gehauene Inschrift zu lesen.

„Ich kenne diese Buchstaben nicht," sagte Timea.

Es sind lateinische Buchstaben. Wenn auf dem serbischen Ufer die Bergspitze des „großen Sterbecz" verschwindet, folgt wieder ein neuer Felsenkorridor, welcher die Donau in ein fünfhundert Klafter breites Bett zusammendrängt. Diese Gebirgshalle führt den Namen „Kaßan." Zwei= bis dreitausend Fuß hohe steile Felsenwände erheben sich rechts und links, deren Wendungen sich in opalfarbene Nebel verlieren. Von der Einen Steilwand stürzt ein tausend Fuß hoch aus einer Höhle hervorquellender Bach herab, wie ein zartes Silberband, das sich in Nebel auflöst, bevor es die Donau erreicht. Die beiden Felswände laufen ununterbrochen fort, nur an Einer Stelle spaltet sich der Berg, und durch diesen Spalt lacht die blühende Landschaft eines Hochgebirgsthales hernieder, mit einem weißen Thurm im fernen Hintergrund. Es ist der Thurm von Dubova; dort ist Ungarn.

Timea zog ihre Blicke von diesem Schauspiel nicht ab, bis das Schiff an demselben vorüber war und die Berge sich wieder schlossen über der reizenden Landschaft und die tiefe Schlucht mit ihren Schatten verhüllten.

„Mir ist," sagte Timea, „als gingen wir durch einen langen, langen Kerkergang in ein Land, aus dem man nicht mehr zurück kann."

Die Bergwände werden immer höher, der Wasserspiegel der Donau immer dunkler und zum Abschluß des wild romantischen Panoramas zeigt sich am nördlichen Abhang eine Höhle, deren Mündung von einer Brustwehr umgeben ist, mit Schießscharten für Kanonen.

„Das ist die Veterani-Höhle," sagte der Kommissär zu Timea. „Hier kämpften vor hundertvierzig Jahren dreihundert Mann mit fünf Kanonen gegen eine ganze türkische Armee und hielten sich vierzig Tage lang.

Timea schüttelte den Kopf.

Der Kommissär wußte aber noch mehr von der Höhle zu erzählen.

„Vor vierzig Jahren vertheidigten die Unserigen diese Höhle in einem blutigen Kampf gegen die Türken. Die Osmanen verloren über zweitausend Mann unter den Felsen."

Timea zog ihre zarten Augenbrauen zusammen und warf dem Erzähler einen eisig kalten Blick zu, so daß ihm jedes weitere ruhmredige Wort im Halse stecken blieb. Timea verhüllte sich den Mund mit ihrem Burnus und wandte sich von Timar ab, ging in die Kajüte und kam bis zum Abend nicht mehr zum Vorschein.

Sie sah nur durch das kleine Kabinenfenster, wie am Ufer der Reihe nach verfallende Burgthürme, alterthümliche vereinsamte massive Wachthäuser, die bewaldeten Felsen des Klissura-Thales und inmitten der Donau aus den Fluthen hervorragende Felsenkolosse an ihr vorüberzogen, der, einen Katarakt bildende „Treßkovacz-Stein" und der dreißig Klafter hohe zerklüftete „Babagai." — Sie frug nicht einmal nach der Geschichte jenes achteckigen Schloßthurmes in der Nachbarschaft von drei kleineren Thürmen, um welche eine Basteimauer herumläuft. Und doch hätte sie dann von dem Schicksal der schönen Cäcilie Rozgonyi, der Gefahr des ungarischen Königs Sigismund und der Niederlage der Ungarn gehört. Jene Ruine dort ist die Galamboczer Burg.

Von Anfang bis Ende ist diese doppelte Uferreihe ein

versteinertes Geschichtsbuch zweier Nationen, welche eine tolle Schicksalslaune dazu ausersehen hat, sich gegenseitig zu ver= heeren und die hier bei Beginn jedes Krieges aufeinander= prallten. — Es ist eine lange Krypte, welche die Gebeine von hundert und hunderttausend Helden in sich schließt.

Timea kam weder an diesem Tage noch am nächsten aus der Kabine heraus, um mit Timar sich in ein Gespräch ein= zulassen. Sie zeichnete einzelne Landschaftsbilder in ihr Skizzenbuch, welche sie auf dem ruhig dahingleitenden Schiffe bequem abzeichnen konnte.

Drei Tage vergingen darüber, bis das Schiff an die Stelle gelangte, wo die Morava in die Donau fällt.

An der Mündung des Flusses liegt Semendria. Auch an den sechsunddreißig Thürmen dieser Festung hat oft bald die Fahne mit der Mutter Gottes, bald die mit dem Halb= mond geweht, und ihre braunen Rundmauern sind bespritzt mit dem Blute verschiedener Nationen.

Bei der anderen Mündung der Morava stehen von der alten Veste Kulics nur mehr die öden verwitterten Mauern da, und jenseits der Ostrovaer Insel starren auf einer Berg= spitze die Ruinen der Burg Rama — jetzt nur mehr ein Grabstein — empor.

Doch ist jetzt keine Zeit, sie anzustaunen. Heute kommt Niemand dazu, melancholischen Betrachtungen über dahin=

geschwundene Größe verfallender Nationen nachzuhängen, denn man hat Dringenderes zu thun.

So wie die ungarische Ebene sich zu öffnen beginnt, stürmt der Nordwind mit solcher Macht auf das Schiff ein, daß die Zugpferde es nicht mehr aufzuhalten im Stande sind, der Wind wirft es auf das jenseitige Ufer.

Es geht nicht weiter! lautet der Ausspruch.

Trikališ wechselt insgeheim einige Worte mit Timar, worauf dieser zum Steuermann sich begibt.

Meister Fabula bindet das Steuerruder mit Stricken fest und läßt es stehen.

Dann ruft er die Bootsleute an Bord und schreit ans Ufer hinüber, der Schiffszug möge halten. Hier hilft weder Rudern, noch Ziehen.

Das Schiff steht vor der Ostrovaer Insel; sie streckt eine lange, spitzige Erdzunge in die Donau hinaus; ihre nördliche Seite ist steil und zerklüftet, mit uralten Weidenbäumen bewachsen.

Die Aufgabe ist, auf die Südseite jener Insel zu gelangen, wo dann die „h. Barbara" in einem vor dem Nordwinde geschützten Hafen ausruhen kann und zugleich vor den neugierigen Blicken der Menschen versteckt ist. Denn der breitere Donauarm, welcher gegen Serbien zu die Insel umgürtet, wird von den Schiffern nicht befahren, weil sie voller Sandbänke und Furten ist.

Das Kunststück besteht jetzt darin, um die nördliche Seite herumzukommen, „Durchhauen" kann man nicht, denn des Windes wegen kann das Schiff nicht gegen das Wasser. Der einzige Ausweg ist das „Aufwinden."

Das Schiff wirft Anker mitten in der Donau; das Zugseil wird von den Pferden losgebunden und ins Schiff gezogen.

An das Ende des Zugseils wird dann der zweite Anker gebunden und in das Boot gelegt; die Ruderknechte fahren damit gegen die Oßtrovaer Insel, bis das Tau abgewickelt ist, dann werfen sie den Anker aus und kehren auf's Schiff zurück.

Nun ziehen sie den ersten Anker wieder heraus, binden das Tauende des zweiten oben versenkten Ankers an die Kreuzwinde, und vier Männer fangen an das Tau aufzuwinden.

Das Tau rollt sich in langsamer Windung an der Haspel auf und das Schiff beginnt sich in der Richtung des ausgeworfenen Ankers vorwärts zu bewegen.

Eine menschenquälerische Arbeit!

Wenn das Schiff den ausgeworfenen Anker erreicht hat, läßt man den zweiten Anker in's Boot herab, rudert damit vorwärts, wirft den Anker neuerdings aus und windet das Tau wieder am Spill auf. So kommt man mit schweißtreibender Mühe Schritt für Schritt vorwärts gegen Wind und Strömung; das ist das „Aufwinden."

Es währte einen halben Tag, bis man aus der Mitte der Donau das große Lastschiff allein mit Menschenkraft bis zur Spitze der großen Insel hinaufgezogen hatte.

Das wird ein mühseliger Tag für diejenigen, welche zu arbeiten haben, und ein langweiliger für die, welche zusehen.

Unter solchen Umständen ist der Aufenthalt auf einem Lastschiffe in der That nichts Angenehmes.

Es hatte den befahrenen Donauarm verlassen, wo man doch wenigstens von Zeit zu Zeit an alten Ruinen vorüber kam, wo man anderen Schiffen begegnete, oder an langen Reihen klappernder Schiffsmühlen vorüber fuhr; statt dessen lief es jetzt in den nicht befahrenen Arm ein, wo ihm rechts die Aussicht verdeckt wird durch eine lange, reizlose Insel, auf der nur Pappeln und Weidenbäume zu wachsen scheinen, nirgends eine menschliche Behausung am Ufer; links aber verliert sich das Wasser in ein dichtes Schilfmeer, aus dem nur an Einer Stelle einen festen Boden verrathende Vegetation, eine Gruppe hoch aufgeschossener, silberblättriger Pappeln hervorragt.

In dieser von Menschen unbewohnten, stillen Gegend ruhte die „heilige Barbara" aus.

Und jetzt stellte sich eine neue Kalamität ein. Alle Lebensmittel waren ausgegangen. Bei der Abfahrt von Galatz hatte man darauf gerechnet, daß man herkömmlicher Weise bei Orsova eine lange Rast halten und sich dort frisch verproviantiren werde. Nachdem man aber bei Nacht und plötzlich weitergefahren war, so befand sich auf dem Schiffe, als dieses vor der Oßtrovaer Insel anlangte, weiter nichts als etwas Kaffee und Zucker, und im Besitz Timea's eine Schachtel mit türkischer Dultschassa, Zuckerfrüchten, welche diese aber nicht öffnen wollte, weil sie als Geschenk für Jemanden bestimmt war.

„Macht nichts," sagte Timar, „irgendwo an beiden Ufern wird doch eine Menschenseele wohnen; Lämmer oder Zicklein gibts überall, und für Geld wird hier Alles zu haben sein."

Und noch eine andere Fatalität stellte sich ein. Das am Anker befestigte Schiff wurde von den Wogen, welche der sturmgepeitschte Fluß aufwarf, so hin und her geschaukelt, daß Timea förmlich seekrank davon wurde, Ueblichkeiten bekam und in Angst gerieth.

Vielleicht läßt sich hier dennoch eine Wohnstätte ausfindig machen, in welcher Timea mit ihrem Vater die Nacht ruhig verbringen kann.

Timar entdeckte mit seinen scharfen Augen, daß über den Gipfeln der aus dem Schilfmeer hervorragenden Pappeln ein schwacher Rauch aufstieg. Dort wohnen Menschen!

„Ich gehe hin, zu sehen, wer dort wohnt."

Im Schiffe befand sich ein kleiner Seelentränker, den der Kommissär auf seinen Jagden benützte, wenn einmal das Schiff Wind feiern mußte, und ihm Zeit blieb, zwischen dem Schilf Enten zu schießen.

Er ließ den Kahn ins Wasser herab, nahm seine Flinte, seine Jagdtasche und ein zusammenlegbares Netz — man kann nicht wissen, was Einem in den Weg kommt, ein Wild oder ein Fisch? — und so fuhr er ab gegen das Röhricht, mit ein und demselben Ruder den Kahn rudernd und steuernd.

Als erfahrener Sumpf-Jäger fand er schnell den Rohr=bruch, durch welchen man in den Rohrwald eindringen konnte und an der Vegetation erkannte er gleich die Beschaffenheit seines Fahrwassers. Wo auf der Oberfläche die großen Blätter der Nymphäa mit ihren schneeweißen vollen Tulpen=blüthen schwimmen, dort ist das Wasser tief und führt das fließende Wasser das Erdreich und den Pflanzenschlamm weg; an anderen Stellen bildet die Caulinie einen grünen Teppich über dem Wasser, und auf diesem schwimmenden Sammt kauert der Wasser=Giftpilz Sumpflinse in Gestalt einer

Kohlrübe, blau, rund, aufgedunsen, ähnlich dem Kugelbuff, er ist tödtliches Gift für jedes lebende Wesen; wo Timars Ruder einen dieser polypenartigen Pilze zerschlug, schoß aus demselben wie eine blaue Flamme, der giftige Schimmelstaub hervor, die Wurzel dieses Gewächses steckt in stinkendem Schlamm, von dem Mensch und Thier, wenn sie hineingerathen, verschlungen werden. Die Natur hat diesem Giftmischer der Pflanzenwelt einen solchen Standort angewiesen, wo er am besten versteckt ist. Wo aber die Wassertrichterwinde an den kolbigen Rohrstängeln hinaufläuft, wo die schönen Dolden der Wasser=Viole (butomus) zwischen den grünen Binsen sich schaukeln, dort ist schon Kieselgrund, der nicht immer unter Wasser zu stehen pflegt. Dort endlich, wo der Mannaschwingel (polygonum) ein dichtes Gestrüpp zu bilden beginnt, bei dessen Durchbrechen der Schiffer die Ränder seines Hutes voll bekommt mit jenen kleinen Samenkörnern, die eine Speise der Armen, das Manna der Wüste, dort muß schon aufsteigendes Erdreich sein, so daß nur der Fuß der Pflanze unter Wasser steht.

Der Kahnschiffer, der sich auf diese Pflanzenwegweiser nicht versteht, kann in dem Rohrwald sich so verrennen, daß er den ganzen Tag nicht wieder herausfindet.

Als Timar sich durch dieses Gestrüpp, das mit seinen fleischfarbenen Blüthentrauben ein ganzes Labyrinth bildete, hindurch arbeitete, erblickte er plötzlich vor sich, was er gesucht hatte: eine Insel.

Es war dies ohne Zweifel eine ganz neue Alluvialbildung, von der auf den neuesten Karten noch keine Spur zu finden war.

Im Bett des rechten Donauarms war lange Zeit eine Felsenmasse, an deren Basis die träg um dieselbe herumfließenden Fluthen eine Sandbank ablagerten. Bei einem winterlichen Hochwasser nun riß der auf die Ostrova-Insel anstürmende Eisstoß eine Inselspitze ab, Erde, Steine und einen Wald von Bäumen entführend; dies sündfluthliche Gemenge aus Eis, Felsstücken und Baumstämmen schoppte sich auf der Sandbank neben der Felsenmasse. Der Klumpen blieb dort. Neue Hochwasser überzogen ihn von Jahr zu Jahr mit neuen Schlammschichten und erweiterten seinen Umkreis mit neuen Kieselablagerungen; aus dem Humus der vermoderten Baumstämme wucherte eine Urvegetation hervor, so rasch, wie eine Naturschöpfung der neuen Welt und so entstand an jener Stelle eine namenlose Insel — eine Insel, von der Niemand Besitz ergriffen hat, auf der es keinen Grundherren, keinen König, keine Obrigkeit und keinen Geistlichen giebt, die zu keinem Land, keinem Komitat, keiner Diözese gehört. — Auf türkisch-serbischem Gebiet giebt es viele solche paradiesische Plätze, die Niemand pflügt, noch abmäht, noch als Weide benützt. Sie sind nur die Heimath wild wachsender Blumen und wilder Thiere und Gott weiß von was noch.

Das nördliche Ufer der Insel zeigt deutlich ihr Genesis. Das Kieselgeröll ist in ganzen Barrikaden um sie aufgethürmt, oft in Stücken von der Größe eines Menschenkopfes oder Fasses; dazwischen Schilfwurzeln und morsche Baumtrümmer: die seichteren Stellen der Sandbank sind mit grünlichen und braunen Donaumuscheln bedeckt; an den sumpfigen Uferstellen aber sind kesselförmige Löcher ausgewaschen, in welche auf den Schall sich nähernder Schritte hunderte von Schildkröten sich zu verstecken eilen.

Das Ufer bedeckt seiner ganzen Länge nach zwerghaftes Stechweidegebüsch, welches die Eisschollen bei jedem Eisgang bis zum Wurzelstock abrasiren. Hier zog Timar seinen Kahn an's Ufer und band ihn an einem Weidenstamm fest. Weiter vordringend, mußte er sich durch ein Dickicht riesiger Weiden und Pappeln hindurcharbeiten, welche der Sturm an manchen Stellen übereinandergeworfen hatte, und dort bildet die fruchttragende Schwarzwurzel der Inseln ein Dorngestrüpp und mischt die aus dem verwitterten Erdreich hoch aufgeschossene Valeriana ihr würziges Aroma mit dem heilkräftigen Duft der Pappel.

Auf einer tief gelegenen Fläche, wo weder Baum noch

Strauch wächst, ragen um einen mit Sumpfgras bedeckten Sumpf üppige Doldengewächse empor: die Tollkerbel und das nach Zimmt duftende Sison Amonum; — in einer Gruppe beisammen wie eine sich absondernde Pflanzenaristokratie, prangt mit feuerrothen Blüthen das Veratrum; zwischen dem Gras sprießen üppig das Vergißmeinnicht und die officinale Wallwurz mit honigreicher rother Blüthe. Kein Wunder, wenn in den Löchern der morschen Baumstämme so viel Schwärme wilder Bienen sich ansiedeln. Und zwischen den Blumen erheben sich seltsame grüne, braune, rothe Fruchtkolben, die reifen Samenkapseln von Zwiebelgewächsen die im Lenz geblüht.

Nach dieser Blumenflur folgt wieder Gehölz; hier aber sind die Weiden und Pappeln schon mit wilden Apfelbäumen gemischt und den Untergrund bedeckt Weißdorn. Hier ist die Insel schon höher.

Timar blieb stehen und horchte. Kein Geräusch. Vierfüßler giebt es auf der Insel nicht. Die Hochwasser rotten sie aus. Die Insel ist nur von Vögeln und fliegenden Vögeln bewohnt.

Auch von den Vögeln verirrt die Lerche und die wilde Taube sich nicht hierher; die Insel ist kein Aufenthalt für sie: sie suchen sich solche Orte auf, wo Menschen wohnen und Getreide säen.

Zwei Thiere giebt es dennoch auf der Insel welche die Nähe menschlicher Wesen verrathen. Das eine ist die Wespe und das andere die Goldamsel. Beide ziehen dem veredelten Obste nach, das sie leidenschaftlich lieben.

Dort, wo jene riesigen Wespennester von den Bäumen hängen, wo die Goldamsel ihre pfeifenden Locktöne im Hain erschallen läßt, muß Obst sein.

Timar ging dem Pfeifen der Goldamsel nach.

Nachdem er hindurchgegangen war durch den stachelichen Weißdorn und das Hartriegel-Gestrüpp, die mit ihren Dornen sein Gewand zerrissen, blieb er wie festgebannt vor Verwunderung stehen.

Was er vor sich erblickte war ein Paradies.

Ein cultivirter, fünf bis sechs Joch Land einnehmender Garten mit Obstbäumen, die nicht in Reihen, sondern in malerisch zerstreuten Gruppen dastanden und deren Zweige die süße Last bis zur Erde herabzog. Mit goldigen und röthlich blinkenden Früchten behangene Apfel- und Birnbäume, und Pflaumenbäume aller Sorten, als wären aus dem leuchtenden Obst Rosen und Lilienbouquete gewunden; zu Füßen liegt auf dem Boden unaufgelesen der herabgefallene Ueberfluß. Dazwischen bilden Himbeer-, Johannisbeer- und Stachelbeer-Sträucher mit ihren rothen, gelben und dunkelgrünen Beeren einen förmlichen Wald und die

Lücken zwischen den mächtigen Baumkronen füllt mit herabhängenden Fruchtzweigen der cidonische Apfel, die Quitte aus.

Durch dies Labyrinth der Obstbäume führt kein Pfad, der Boden unter den Bäumen ist mit Gras bewachsen.

Wo man aber zwischen den Bäumen hindurchsehen kann, winkt ein Blumengarten heran; auch der ist eine Kollektion wunderbarer Feldblumen, wie sie in gewöhnlichen Gärten nicht zu finden sind; die Gruppen dunkelblauer Glockenblumen, die Schwalbenwurz mit ihren flockigen Samenkapseln, aus denen man Seide gewinnt, die gesprenkelten Turbanlilien, der Alkermes mit seinen Scharlachbeeren, die prachtvollen Schmetterlingsblumen, sie alle, auf wunderbarem Wege zu Gartenblumen veredelt, legen Zeugniß ab von der Nähe menschlicher Wesen. Diese verräth endlich auch die Wohnstätte aus welcher der Rauch hervorkommt.

Auch sie ist ein phantastisches kleines Asyl. Im Hintergrund steht ein riesiger Felsen; in diesem ist eine Vertiefung; dort steht gewiß der Feuerherd, und dort geht ein zweites Loch hinab, wo der Keller sich befindet. Auf der Spitze des Felsens ist der Schornstein, aus welchem der Rauch aufsteigt. An dem Felsen ist dann aus Stein und Lehmziegeln eine Behausung angeklebt; sie hat zwei Kammern, jede mit einem Fenster. Das eine Fenster ist kleiner als das andere, und die eine Stube niedriger als die andere;

beide sind mit Rohr gedeckt, an beide ist ein hölzernes Vorhaus angefügt, das eine Veranda bildet, mit phantastischen Verzierungen, welche aus allerlei Holzstücken zusammengestellt sind.

Allein weder am Stein-, noch am Lehmziegel-, noch am Holzbau ist zu sehen, woraus er gemacht ist, so dicht ist er auf der Südseite mit Reben umsponnen, aus deren vom Reif verbrannten Weinlaub Tausende von rothen und blauen Trauben hervorlugen; auf der nördlichen Seite aber mit Hopfen, dessen reife Fruchtdolden wie grünes Gold auch die Zinne des hohen Felsens umhüllen, auf dessen kahlste Spitze Hauswurz gepflanzt ist, damit keine Stelle übrig bleibe, die nicht grün wäre.

Hier wohnen Frauen.

Sechstes Capitel.
Almira und Narcissa.

Timar lenkte seine Schritte nach der versteckten Hütte. Im Blumengarten sah man schon einen Pfad, der zur Wohnung führt, nur war auch dieser so mit Gras überwachsen, daß die Schritte des ihn Betretenden nicht gehört wurden und so konnte er ganz geräuschlos bis zur kleinen Veranda gelangen.

Weder nah noch fern war ein menschliches Wesen zu erblicken.

Vor der Veranda lag ein großer schwarzer Hund — einer von der edlen Neufundländer Race, die so gescheidte und stattliche Thiere sind, daß der Mensch sie nicht zu dutzen wagt, sondern beim ersten Zusammentreffen sie unwillkürlich mit Sie anredet.

Obbesagter Herr Vierfüßler war überdies eines der schönsten Exemplare seiner Spezies, ein kolossales baum-

starkes Thier; so wie er vor der Veranda ausgestreckt da=
lag, nahm er den ganzen Raum von einer Thürpfoste zur
andern ein. Der schwarze Wächter that so, als schliefe er,
und schien weder von dem herankommenden Fremden, noch
von jenem anderen Geschöpfe Notiz zu nehmen, das in seiner
Tollkühnheit keine Impertinenz unversucht ließ, um die Ge=
duld dieses großen Thieres auf die Probe zu stellen. Dies
Geschöpf war eine weiße Katze, welche so unverschämt war,
über Seine ausgestreckte Herrlichkeit in Kreuz und Quer=
sprüngen Burzelbäume zu schlagen, dem großen Herrn mit
dem Pfötchen über die Nase zu fahren und zuletzt vor ihm
sich auf den Rücken zu legen und einen der mit Schwimm=
haut versehenen Vorderfüße des gewaltigen Thieres zwischen
seine vier Katzenpfoten zu nehmen, um damit nach Katzen=
art, wie mit einem Jungen zu spielen. Wenn dem großen
schwarzen Herrn die Sohle davon schon zu kitzeln anfing,
zog er den einen Fuß zurück und reichte der Katze den an=
deren hin, sie möge jetzt mit dem spielen.

Und Timar dachte dabei nicht etwa: „Ei, wenn dieser
schwarze Koloß mich am Kragen erwischt, dann geht es mir
schlimm!" sondern er dachte: „Ei, wie wird Timea sich
freuen, wenn sie dies weiße Kätzchen sieht!"

Vor dem Hunde war jedoch nicht in die Wohnung hin=
einzukommen; er versperrte den ganzen Eingang. Timar

wollte durch Husten zu verstehen geben, daß Jemand draußen sei. Auf das hob das große Thier ruhig den Kopf, und betrachtete sich den Ankömmling mit seinen nußbraunen gescheidten Augen, die wie das menschliche Auge zu weinen und zu lachen, zu zürnen und zu schmeicheln verstehen; dann legte er wieder den Kopf auf die Erde, als wollte er damit sagen: Nur „ein" Mensch, da lohnt es sich nicht der Mühe, aufzustehen.

Timar aber raisonnirte so, daß dort, wo der Schornstein raucht, Jemand in der Küche Feuer machen müsse. Er begann daher von draußen diesem unsichtbaren Jemand einen guten Tag um den anderen zu wünschen, und zwar abwechselnd in drei Sprachen, ungarisch, serbisch und rumänisch.

Plötzlich antwortete dann darauf eine weibliche Stimme von drinnen auf ungarisch:

„Guten Tag! So kommen Sie doch herein. Wer ist's?"

„Ich möchte wohl hinein kommen, aber der Hund hier liegt mir im Wege."

„So steigen Sie über ihn hinweg."

„Wird er mich nicht anpacken?"

„Guten Menschen thut er nichts."

Timar nahm sich einen Rand und schritt über das gewaltige Thier hinweg; dieses rührte sich nicht, sondern hob nur seinen Schwanz, als wollte es ihm einen Willkomm zuwedeln.

In die Veranda eintretend, erblickte Timar zwei Thüren vor sich; die erste führte zu der aus Steinen aufgebauten, die zweite zu der in den Felsen ausgehöhlten Grotte. Letztere war die Küche.

Dort sah er eine Frau am Herde stehen, welche sich beim Feuer zu schaffen machte. Timar erkannte auf den ersten Blick, daß die Operation, welche sie vornahm, nicht etwa in der Bereitung irgend eines Zaubertrankes der Hexenküche, sondern einfach im Rösten von Maiskörnern bestand.

Hier in Ungarn ist gerösteter Kukuruz ein sehr volksthümliches Gericht, dessen Zubereitung wir daher für ungarische Leser nicht erst zu beschreiben nöthig haben. Auf der New-Yorker Welt-Industrieausstellung erhielt jedoch vor einigen Jahren ein Yankee die goldene Medaille für die von ihm erfundene Methode des Kukuruz-Röstens. Was diese Amerikaner nicht alles erfinden! So viel ist gewiß, geröstete Maiskörner sind eine gute Gabe Gottes. Man läßt sie sich schmecken, ohne sich je daran zu überessen; denn wenn man sich daran satt gegessen hat, ist man auch schon wieder hungrig geworden.

Die am Herde mit dieser kulinarischen Operation beschäftigte Frau war eine magere aber sehnige kräftige Gestalt mit brünettem Teint; in den zusammengepreßten Lippen lag etwas Strenges, jedoch das Auge blickte sanft und flößte Vertrauen ein. Ihr sonnengebräuntes Antlitz deutete auf ein Alter in der schöneren Hälfte der dreißig. Sie trug sich nicht wie die Bäuerinnen jener Gegend; ihr Anzug hatte nichts Buntes, doch war er auch nicht städtisch.

„Nun, kommen Sie doch näher und setzen Sie sich," sagte die Frau in einem eigenthümlich strengen Tone, der trotzdem ganz ruhig war; und dann schüttete sie die aufgeplatzten schneeweißen Maiskörner in einen geflochtenen Korb und wartete ihm damit auf.

Hierauf hob sie einen Weinkrug, der auf dem Estrich stand, auf und reichte auch diesen ihm hin.

„Weichselwein." Auch der war frisch zubereitet worden.

Timar setzte sich auf den angebotenen Stuhl, der aus allerlei Ruthen künstlich geflochten, seltsame Formen wies, wie sie bei gewöhnlichen Sitzapparaten sonst nicht vorzukommen pflegen. Nun hatte auch der mächtige schwarze Thürhüter sich von seinem Lager erhoben, näherte sich dem Gaste und legte sich ihm gegenüber nieder.

Die Frau warf ihm eine Handvoll des weißen Konfektes zu, an dem er alsogleich kunstgerecht zu knuppern begann; die weiße Katze wollte es ihm nachmachen, doch blieb ihr gleich das erste geplatzte Maiskorn so zwischen den Zähnen stecken, daß sie von weiteren Versuchen abstand. Sie schüttelte nur unwillig die Pfote, mit der sie hineingefahren war, und sprang dann auf den Herd, wo sie mit großem Interesse nach einem unglasirten Topf blinzelte, der am Feuer brodelte und augenscheinlich etwas enthielt, was ihrem Geschmacke besser zusagte.

„Ein prachtvolles Thier!" sagte Timar, auf den Hund sehend. „Es wundert mich, daß er so sanft ist, nicht einmal angeknurrt hat er mich."

„Guten Menschen thut er nie etwas zu Leide, mein Herr; wenn irgend ein Fremder kommt, der ein guter Mensch ist, erkennt er das gleich und ist zahm wie ein Lamm und bellt auch nicht; aber versuche es nur ein Dieb, hierherzukommen, dann wittert er ihn, sobald er den Fuß auf die Insel setzt, und wehe ihm, wenn er ihn unter die Zähne bekommt. Er ist ein furchtbares Thier! Im vorigen Winter kam ein großer Wolf über das Eis; es gelüstete ihn nach unsern Ziegen. Sehen Sie, dort liegt sein Haupt auf dem Fußboden der Stube ausgebreitet. In einem Nu hatte er ihn erwürgt. Ein guter Mensch aber kann sich ihm auf den Rücken setzen, er thut ihm nichts."

Timar war sehr damit zufrieden, einen so eklatanten Beweis dafür zu haben, daß er ein guter Mensch sei. Wer weiß, wenn von jenen bewußten Dukaten sich ein paar in seine Tasche verirrt hätten, ob er dann von dem großen Hunde nicht ganz anders empfangen worden wäre?

„Nun Herr, woher sind Sie und was wünschen Sie von mir?"

„Für's Erste bitte ich um Entschuldigung, daß ich durch Dorn und Busch in Ihren Garten eingedrungen bin. Der Sturm hat mein Schiff vom jenseitigen Ufer hierher verschlagen und so mußte ich an der Ostrovaer Insel eine Zuflucht suchen."

„In der That, an dem Rauschen der Zweige höre ich, daß ein starker Wind gehen muß."

Dieser Ort war so dicht von der Urwildniß umfangen daß man den Wind nicht spürte und nur am Sausen erkannte, daß er blies.

„Bevor der Sturm vorüber gezogen ist, müssen wir Wind feiern. Nun sind uns aber die Lebensmittel schon ausgegangen, und so war ich genöthigt, die nächste beste Behausung aufzusuchen, aus der ich Rauch aufsteigen sah, um die Hausfrau schön zu bitten, ob für Geld und gute Worte Proviant für das Schiffsvolk zu haben wäre."

„Ja, den können Sie haben und ich nehme auch die Bezahlung dafür, davon lebe ich. Wir können mit jungen Ziegen, Kukuruzmehl, Käse und Obst dienen. Wählen Sie aus, was Sie davon brauchen. Das ist unser Geschäft, von dem wir leben. Die Marktweiber aus der Umgegend pflegen sich zu Schiff unsere Erzeugnisse abzuholen. Wir sind Gärtner."

Bis jetzt hatte Timar außer dieser Frau keine andere menschliche Seele zu Gesicht bekommen; da sie aber in der Mehrzahl spricht, müssen ihrer wohl mehrere sein.

„Ich danke schon vorhinein und werde von Allem nehmen. Ich werde vom Schiff den Steuermann herschicken, um die Sachen abzuholen; jetzt sagen Sie mir aber, liebes Frauchen, was dafür zu bezahlen ist? Ich benöthige für meine sieben Leute Lebensmittel auf drei Tage."

„Nicht greifen Sie nach der Brieftasche; bei mir zahlt man nicht mit Geld. Was sollte ich damit anfangen, hier auf dieser einsamen Insel? Höchstens würden Räuber bei mir einbrechen und mich erschlagen, um es mir abzunehmen; so aber weiß Jedermann, daß auf der Insel kein Geld zu suchen ist und darum können wir ruhig schlafen. Bei mir gibt's nur Tauschhandel. Ich gebe Obst, Wachs und Honig, Heilkräuter und man bringt mir dafür Getreide, Salz, Kleidungsstoffe, Eisengeräthe."

„Wie auf den australischen Inseln?"

„Gerade so."

„Mir auch recht, Frauchen; wir haben Getreide auf dem Schiff und auch Salz; ich werde mir den Werth Ihrer

Waaren berechnen und Tauschwaaren in gleichem Werthe dafür bringen. Verlassen Sie sich darauf, Sie sollen dabei nicht zu kurz kommen."

„Ich zweifle nicht daran, Herr."

„Jetzt aber hätte ich noch eine Bitte. Auf meinem Schiff befindet sich auch eine Herrschaft, ein Herr mit seiner jungen Tochter. Das Fräulein ist an das Schaukeln des Schiffs beim Sturm nicht gewöhnt und fühlt sich unwohl. Könnten Sie meinen Passagieren nicht Unterkunft geben, bis sich der Sturm gelegt haben wird?"

Auch dies Ansinnen setzte die Frau nicht in Verlegenheit.

„Wohl, das kann ich gleichfalls thun, mein Herr. Sehen Sie her, da sind zwei kleine Stübchen; in das eine ziehen wir uns zurück und in dem andern findet ein guter Mensch, der um Obdach bittet, was er sucht: Ruhe, wenn auch nicht Bequemlichkeit! Sollten Sie auch hier bleiben wollen, so werden Sie, da sowohl die eine als die andere Wohnstube von fremden Frauen eingenommen sind, wohl mit dem Dachboden vorlieb nehmen müssen; dort ist gutes frisches Heu und Schiffer sind ja keine verwöhnten Leute."

Timar zerbrach sich den Kopf, was für eine Bewandtniß es wohl mit dieser Frau haben möge, die ihre Worte so gut zu setzen weiß und sich so verständig ausdrückt. Er konnte dies mit dieser Hütte, die mehr eine Höhlenwohnung war und mit dem Aufenthalt auf dieser einsamen Insel, mitten in einer Wildniß, nicht zusammenreimen.

„Ich danke Ihnen vielmals, liebe Frau, und eile jetzt auf mein Schiff zurück, um meine Passagiere herzubringen."

„Gut so. Nur gehen Sie nicht auf dem Wege zu Ihrem Kahne zurück, auf dem Sie gekommen sind. Durch jene Sumpfwiesen und Dornhecken kann man doch nicht ein Fräulein führen. Das Ufer entlang läuft ein gangbarer Pfad, er ist zwar auch mit Gras überwachsen, denn er ist von wenig Menschen betreten und hier bildet sich überall schnell Rasen; ich werde Sie aber bis dahin führen lassen, wo Sie Ihren Kahn treffen; Sie können dann, wenn Sie in einem größeren Fahrzeug wieder kommen, mehr in der Nähe landen. Ich gebe Ihnen gleich Jemanden mit, der Sie führen wird.

„Almira!"

Timar schaute umher, aus welchem Winkel des Hauses oder welchem Gebüsch des Gartens diese Almira hervorkommen werde, welche ihm als Wegweiserin dienen soll. — Der große schwarze Neufundländer aber richtete sich auf seinen Beinen empor und fing an mit dem Schwanze zu wedeln, dessen Anschlagen an die Thürpfosten einen Lärm machte, als würde eine alte Trommel gerührt.

„Geh', Almira und führe den Herrn an's Ufer," sagte die Frau zu ihm, worauf der Angesprochene etwas in seiner

Hundesprache Timar zuknurrte, und den Mantelsaum Timar's zwischen die Zähne nehmend, daran zerrte, als wollte er sagen: nun, so komm' doch!

„Das ist also die Almira, die mich führen wird! Ich bin Ihnen sehr zu Dank verbunden, mein Fräulein Almira," lachte Timar und nahm Flinte und Hut; dann empfahl er sich der Hausfrau und folgte dem Hunde.

Almira führte den Gast beständig am Mantelsaum in aller Freundschaft; der Weg ging durch den Obsthain, wo man vorsichtig auftreten mußte, um nicht die herabgefallenen Pflaumen, welche den Boden bedeckten, zu zertreten.

Auch das weiße Kätzchen war nicht zurückgeblieben; es wollte nicht minder wissen, wohin Almira den Fremden führt; es sprang bald voraus, bald hinterdrein im weichen Grase.

Als sie an den Rand des Obstgartens gelangt waren, ertönte irgend woher aus der Höhe der Ruf einer klangvollen Stimme:

„Narcissa!"

Es war eine Mädchenstimme, aus der etwas wie Vorwurf herausklang, aber auch viel Liebe und mädchenhafte Schüchternheit. Es war eine sympathische Stimme.

Timar schaute umher; zuerst wollte er wissen, woher der Ruf kam, und dann, wen er anging?

Wer der Gerufene war, konnte er bald erfahren, denn

auf den Ruf war das weiße Kätzchen plötzlich seitwärts gesprungen, und, den Schwanz ringelnd, schnurstracks auf einen ästigen Birnbaum hinaufgeklettert, durch dessen dichtes Laub Timar etwas wie ein weißes Frauengewand blinken sah; zu weiteren Untersuchungen jedoch, wer Diejenige sei, welche Narcissa zu sich rief, blieb ihm keine Zeit, denn Almira ließ einige tiefe Kehllaute hören, welche in der Vierfüßlersprache so viel bedeuten mochten, als: „was brauchst Du hier herumzuspähen!" und so war er genöthigt, seinem Führer zu folgen, wenn er nicht Gefahr laufen wollte, daß ein Stück seines Mantels zwischen dessen Zähnen bleibe.

Almira führte Timar auf einem schönen Rasenpfad das Ufer entlang, bis zu der Stelle, wo sein Kahn angebunden lag.

In diesem Augenblicke zogen zwei Sumpfschnepfen mit gellendem Pfiff durch die Lüfte der Insel zu.

Timar's erster Gedanke war, welch leckeren Braten sie für den Abendtisch Timea's abgeben würden. Im Nu hatte er seine Jagdflinte von der Schulter genommen und mit zwei wohlgezielten Schüssen die beiden Schnepfen erlegt.

Im nächsten Augenblick stand er aber selber nicht mehr auf seinen Beinen.

In dem Augenblicke nämlich, in welchem er die Flinte abgefeuert hatte, war er von Almira am Kragen ge-

packt und wie von einem Blitzstrahl zu Boden geschleudert
worden. Er wollte aufspringen, fühlte aber bald, daß er
es mit einem übermächtigen Gegner zu thun hatte, mit dem
nicht zu spaßen war. Nicht, als ob Almira ihm etwas zu
Leide gethan hätte, allein sie hielt ihn fest am Kragen und
ließ ihn nicht aufstehen.

Timar versuchte auf jede erdenkliche Weise, sie zu capa=
citiren, nannte sie Fräulein Almira, seine liebe Freundin und
hielt ihr eine Vorlesung über Jagd und Jagdgebrauch; wo
zum Teufel sehe man einen Hund, der den Jäger apportirt?
er möge doch lieber die Schnepfen aus dem Gebüsch holen;
aber er predigte tauben Ohren.

Aus seiner gefährlichen Situation befreite ihn endlich
die Inselfrau, welche auf den Knall des Gewehres herbei=
gelaufen kam und von weitem schon Almira beim Namen
rief, worauf dieser seltsame Geselle den Kragen los ließ.

„J du mein Gott! jammerte sie, über Stock und Stein
dem Orte der Gefahr zueilend. Ich vergaß Ihnen zu sagen,
daß Sie nicht schießen sollen, weil sonst Almira Sie packt.
Ueber einen Schuß geräth sie in großen Zorn. Nein, wie
ich so dumm sein konnte, Ihnen das nicht zu sagen."

„Machen Sie sich darüber keine Sorgen, gute Frau!"
sagte Timar lachend. „Almira würde in der That einen
prächtigen Waldhüter abgeben. Aber sehen Sie, ich

habe ein paar Schnepfen geschossen; ich dachte mir, das wird eine gute Beisteuer sein für das Nachtessen, das Sie ihren Gästen vorsetzen wollen."

„Ich werde sie mir schon holen; steigen Sie nur in Ihren Kahn, und wenn sie zurückkommen, lassen Sie die Flinte hübsch daheim, denn glauben Sie mir, wenn der Hund Sie mit der Flinte am Arm erblickt, nimmt er sie Ihnen auf der Stelle weg. Mit dem ist nicht zu spaßen."

„Das hab' ich an mir erfahren. Ein gewaltiger, trefflicher Hund das! Ehe ich noch daran denken konnte, mich zu wehren, lag ich schon auf dem Boden; ich kann noch Gott danken, daß er mir nicht den Hals entzwei gebissen hat."

„Oh er beißt keinen Menschen; wenn sich aber Jemand zur Wehre setzen will, packt er seinen Arm so zwischen die Zähne, als wäre er in Fesseln gelegt. Und dann hält er ihn fest, bis wir kommen, ihn wegzuholen. Nun, mein Herr, auf Wiedersehen!"

Es war noch keine Stunde verstrichen, als der größere Nachen mit seinen Gästen am Inselufer anlegte.

Vom Schiff bis zum Ufer erzählte Timar Timea beständig von Almira und Narcissa, um dem armen Kinde sein Unwohlsein und seine Furcht vor den Wellen vergessen zu machen. Sowie sie den Fuß auf das Ufer gesetzt hatte, war übrigens das Unwohlsein verschwunden.

Timar ging als Wegweiser voran, Timea, in Euthym's Arm eingehängt, folgte, zwei Schiffsknechte und der Steuermann trugen hinter ihnen auf einem Schragen in Säcken das Aequivalent für die Tauschwaare.

Schon von weitem hörte man das Gebell Almira's. Es waren dies jene Bewillkommnungslaute, mit denen der Hund die Annäherung guter Bekannter zu signalisiren pflegte. In einem solchen Falle läuft er den Ankommenden entgegen.

Almira erreichte die Gelandeten auf halbem Wege; zuerst umbellte er die ganze Gesellschaft, dann wechselte er der Reihe nach Zwiegespräche mit dem Steuermann, mit den Schiffsknechten und mit Timar. — Hierauf zu Timea trollend, wußte er es so anzustellen, daß er ihr die Hand küßte; sowie er aber zu Euthym gekommen war, verstummte er, begann von der Fußsohle aufwärts ihn zu beschnüffeln, und wich dann nicht von seiner Ferse; er schnupperte beständig herum und schüttelte inzwischen gewaltig sein Haupt und schlug die Ohren zusammen, daß es nur so knallte. Er hatte bei diesem Punkte seine besonderen Bemerkungen.

Die Frau der Inselwohnung erwartete im Flur die Ankömmlinge und rief, als diese zwischen den Bäumen auftauchten, mit lauter Stimme:

„Noëmi!"

Auf diesen Ruf näherte sich Jemand aus dem Innern des Gartens. Zwischen zwei hohen, dichten Hecken von Himbeersträuchern, die wie zwei grüne Mauern sich oben beinahe zu einer Wölbung schlossen, trat ein junges Mädchen hervor. Gesicht und Gestalt sind die eines Kindes, das in der Entwickelungsperiode begriffen; es ist mit einem weißen Hemdchen und weißem Röckchen bekleidet und trägt in dem aufgeschürzten Oberrock frisch vom Baume geflücktes Obst.

Die aus dem grünen Haine hervorkommende Gestalt ist eine idyllische Erscheinung. Das feine Inkarnat ihres Gesichtes scheint der zarten Fleischfarbe der weißen Rose entlehnt zu sein, sobald sie ernsthaft dreinschaut, und nimmt die der rothen Rose an, wenn sie erröthet, und dann wird sie roth bis über die Stirne. Der Ausdruck dieser rundgewölbten klaren Stirne ist die personifizirte Gutmüthigkeit, in vollem Einklang mit dem unschuldigen Blick der ausdrucksvollen blauen Augen; auf den zarten Lippen aber liegt der Schmelz holder Aufmerksamkeit und züchtiger Scham. Das reiche, goldbraune, prächtige Haar scheint von Natur gelockt; eine seitwärts geschobene Locke läßt uns ein allerliebst kleines Ohr sehen. Ueber das ganze Gesicht ist harmlose Sanftmuth ausgebreitet. Möglich, daß ein Bildhauer die einzelnen Züge sich nicht zum Modell nehmen würde, und vielleicht fänden wir dies Gesicht, wenn es in Marmor gehauen wäre, nicht einmal schön, aber das Haupt und die ganze Gestalt, so wie sie sind, umdämmert eine Lieblichkeit, die auf den ersten Blick bezaubert, und je länger wir hinblicken, um so mehr fesselt.

Von der einen Schulter ist das Hemdchen herabgerutscht, aber, um auch diese nicht unbedeckt zu lassen, sitzt dort eine weiße Katze, die ihr Köpfchen an die Wange des Mädchens schmiegt.

Die niedlichen Füße des Mädchens sind nackt; warum soll sie nicht barfuß gehen? wandelt sie doch auf einem Teppich, auf dem prachtvollsten Sammetteppich; der herbstliche Rasen ist jetzt durchwirkt mit blauen Veronikas und rothen Geranien.

Euthym, Timea und Timar bleiben am Ausgang der Himbeerallee stehen, um die herankommende Gestalt zu erwarten.

Das Kind glaubte die Gäste nicht freundlicher empfangen zu können, als indem es ihnen mit dem Obst, das es im Rockschoß trug, aufwartete.

Es waren schöne, roth gestreifte Bergamottebirnen. Sie wandte sich zuerst an Timar.

Timar suchte die schönste heraus und reichte sie Timea.

Beide Mädchen zuckten ärgerlich mit den Achseln: Timea, weil sie das andere Mädchen um das weiße Kätzchen auf seiner Schulter beneidete, Noëmi aber, weil Timar das Obst Timea dargereicht hatte.

„Ei Du ungeschicktes Ding!" rief die Herrin der Hütte ihr zu, „konntest Du das Obst nicht früher in einen Korb legen, statt nur so aus dem Schurz Deines Kleides damit aufzuwarten? Schickt sich das?"

Die Kleine wurde roth wie eine Feuerrose und lief zur Mutter hin; diese flüsterte ihr einige Worte ins Ohr, so daß die andern es nicht hören konnten, dann küßte sie das Kind auf die Stirne und sagte wieder mit lauter Stimme:

„Geh' jetzt und nimm den Schiffern ab, was sie gebracht haben, gieb es in die Kammer und fülle dann die Säcke mit Kukuruzmehl, die Töpfe mit Honig und ihre Körbe mit reifem Obst; von den Zicklein wähle zwei für sie heraus."

„Ich wähle keine", flüsterte das Mädchen, „mögen sie das selber thun!"

„Närrisches Kind", sagte mit freundlichem Vorwurf die Frau, „wenn es auf Dich ankäme, Du würdest alle jungen Ziegen behalten wollen, und nicht eine einzige schlachten lassen. — Gut denn, laß' sie selber wählen. Niemand soll sich beschweren können. Ich werde unterdessen in die Küche sehen."

Noëmi rief die Schiffer zu sich und öffnete ihnen die

Speise- und die Obstkammer, deren jede in einer besonderen Höhle sich befand, und mit einer Thür versperrt war. Der Felsen, welcher die Spitze der Insel bildete, war einer jener Wanderblöcke, welche der Geologe „erratische", der Italiener „trovanti", der Skandinaviar „Aezzar" nennt, ein vereinsamter Felsen im Macolith, der von einem weit entlegenen Gebirge sich einst abgelöst hatte; ein Kalkfelsen im Dolomithen-Thal, im Kieselbett. Er war voll größerer und kleinerer Löcher, welche der erste Mensch, der von ihm Besitz nahm, sinnreich für seine Zwecke zu benützen gewußt; das größte mit dem aufwärts steigenden Schornsteinhals zur Küche; das höchste als Taubenhaus, die übrigen zu sommerlichen und winterlichen Aufbewahrungsorten. Er hatte sich angesiedelt auf dem von Gott gesandten Felsen und gleich den wilden Vögeln dort sein Nest gebaut.

Das Kind besorgte das Tauschgeschäft mit den Schiffern klug und gerecht. Zuletzt gab sie jedem noch einen Kauftrunk von ihrem Weichselwein, empfahl sich ihrer Kundschaft, wenn sie wieder einmal vorüberkommen, und ging dann in die Küche zurück.

Hier wartete sie nicht erst ab, bis man ihr den Befehl ertheilte, den Tisch zu decken. Ueber den kleinen Tisch, der in der Veranda stand, breitete sie eine feine Binsenmatte

und stellte darauf vier Teller mit Messer, Gabel und Zinn=
löffel. Und die fünfte Person?

Die wird am Katzentisch sitzen, an einem wahrhaftigen
Katzentisch. Neben der Treppe, die zur Veranda führt,
steht eine kleine Holzbank; in die Mitte derselben kommt ein
irdenes Tellerchen mit einem winzigen Messerchen und einer
eben solchen Gabel, nebst einem Löffelchen und an die beiden
Enden je ein Holzteller, der eine für Almira, der andere
für Narcissa. Diese bekommen kein Besteck. Nachdem die
drei Gäste mit der Hausfrau sich um den Tisch gesetzt und
sich aus der Schüssel genommen haben, wandert diese auf
den Katzentisch, wo Noëmi ihren Gästen vorlegt. Sie ver=
fährt bei der Vertheilung mit großer Gerechtigkeit; die wei=
cheren Bissen erhält Narcissa, die Knochenstücke Almira; sie
selbst nimmt sich zuletzt. Jene dürfen nicht eher zugreifen,
als bis sie durch Anblasen die Speisen abgekühlt hat, mag
auch Almira die Ohren noch so sehr spitzen und das Kätzchen
sich noch so sehr an die Schulter seiner Herrin anschmiegen.
Sie müssen dem Kinde pariren.

Die Inselfrau wollte — nach guter oder schlechter un=
garischer Sitte — vor ihren Gästen sich zeigen und beson=
ders Timar den Beweis liefern, daß ihre Küche auf seine
Jagdbeute nicht anstand. Die beiden Schnepfen hatte sie
mit Haidegrütze zubereitet; vorher aber hatte sie Timar ins

Ohr geraunt, das sei nur ein Essen für Damen, für die Herren habe sie gutes Schweins=Schmorfleisch zubereitet. Timar sprach auch dem Letzteren wacker zu, Euthym jedoch rührte nichts davon an und sagte, er sei schon satt und Timea stand plötzlich vom Tisch auf. Das kam ihr aber so ganz natürlich. Sie hatte schon bis dahin häufig nach jener anderen Tischgesellschaft neugierige Blicke hinübergeworfen; es war daher nichts Auffallendes darin, daß sie plötzlich sich erhob und sich neben Noëmi an die Treppe setzte. Junge Mädchen schließen ja schnell Freundschaft.

Timea verstand nicht ungarisch und Noëmi nicht griechisch; zwischen den beiden befand sich aber Narcissa, die verstand beide Sprachen gleich gut.

Das weiße Kätzchen schien es vortrefflich zu verstehen, wenn Timea „horaion galion" zu ihm sagte und ihm mit der weißen Hand über den Rücken strich, worauf es aus dem Schoße Noëmi's in den Timea's sich hinüber schmiegte, den Kopf zu Timea's Gesicht emporhob und sein weißes Köpfchen an ihren weißen Wangen zärtlich rieb, mit den spitzen Zähnen ihren schönen rothen Mund öffnete und mit seinen schelmischen Augen sie anblinzelte; dann sprang es auf ihre Schulter, kroch über ihren Nacken und wanderte wieder zu Noëmi hinüber und von da zurück.

Noëmi freut sich, daß das fremde Fräulein an ihrem Liebling so großes Gefallen findet.

Aber in diese Freude mischte sich bald Bitterkeit, als sie darauf kam, wie sehr schon das fremde Mädchen sich in das Kätzchen verliebt hat, es ganz für sich behält und abküßt; und noch schmerzlicher ist ihr die Wahrnehmung, wie leicht Narcissa ihr untreu wird, wie bereitwillig es die Liebkosungen des fremden Mädchens annimmt und erwiedert und gar nicht darauf achtet, wenn Noëmi es bei seinem Namen „Narcissa" ruft, um es herüber zu locken. „Horaion galion" (schönes Kätzchen) gefällt ihm besser.

Noëmi wurde ärgerlich über Narcissa und faßte sie am Schwanz, um sie zu sich herüberzuziehen. Narcissa nahm das übel, fuhr sogar mit ihrer Kralle nach ihrer Herrin und zerkratzte ihr die Hand.

Timea trug um das Handgelenk ein blau emaillirtes Armband in Form einer Schlange. Als Narcissa ihre Herrin gekratzt hatte, zog Timea das biegsame Armband herunter und wollte es Noëmi auf die Hand stecken, offenbar in der Absicht, ihren Schmerz damit zu lindern.

Noëmi verstand aber die Sache falsch, sie glaubte, das fremde Fräulein wolle ihr damit Narcissa ablaufen. Die ist ihr aber nicht feil.

„Ich brauche das Armband nicht! Ich gebe Narcissa

dafür nicht her. Behalten Sie Ihr Armband! Narcissa bleibt mein. Komm her, Narcissa!"

Und als Narcissa den Ruf nicht verstehen wollte, gab Noëmi ihr plötzlich einen kleinen Puffer auf den Kopf, worauf das erschreckte Thier einen Satz über die Bank machte, pustend und schnaubend einen Nußbaum hinaufkletterte und von dort zornig herabknurrte.

Als Timea und Noëmi in diesem Momente einander in die Augen blickten, las jede aus dem Auge der Anderen eine traumartige Ahnung heraus. Es war ihnen zu Muthe, wie jemanden, der für einen Moment das Auge schließt und in dieser kurzen Zeit Jahre durchträumt, und wenn er erwacht, Alles vergessen hat, nur an das Eine erinnert er sich, daß der Traum sehr lang war.

Die beiden Mädchen erkannten aus dieser Begegnung ihrer Blicke, daß sie einmal in räthselhafter Weise in ihre Geschicke eingreifen werden, daß sie etwas mit einander gemein haben werden, einen Schmerz, oder eine Freude, und daß sie davon vielleicht, wie von einem vergessenen Traum, nur das Eine wissen werden, daß sie einander diesen Schmerz, oder diese Freude verursacht haben.

Timea sprang von Noëmi's Seite auf und übergab das herabgezogene Armband der Hausfrau; dann setzte sie sich zu Euthym und lehnte ihren Kopf an seine Schulter.

Timar verdolmetschte ihr das Geschenk.

„Das Fräulein schenkt es dem kleinen Mädchen zum Andenken. Es ist von Gold."

Sowie er ausgesprochen hatte, daß es von Gold sei, warf die Frau es erschrocken aus der Hand, als wär' es eine wahrhafte Schlange; sie blickte verstört auf Noëmi und war nicht einmal im Stande ein „Ich danke schön!" hervorzubringen.

Da lenkte plötzlich Almira die Aufmerksamkeit auf sich.

Der Hund war plötzlich von seinem Lager aufgesprungen, hatte mit hoch gehobenem Kopfe ein langes Geheul ausgestoßen und fing nun mit tiefer, die Luft erschütternder Stimme zu bellen an; in seinem Gebell lag etwas von dem Brüllen des Löwen; es waren ungestüm herausgestoßene Töne, wie zum Angriff herausfordernd, und dabei lief er nicht vorwärts, sondern blieb vor der Veranda stehen, stemmte die Vorderfüße vorwärts und warf mit den Hinterfüßen die Erde auf.

Die Frau erbleichte. Auf dem Fußpfade zwischen den Bäumen kam eine Gestalt herangeschritten.

„So pflegt der Hund nur einen Menschen anzubellen", murmelte die Frau. „Dort kommt er. Er ists!"

Siebentes Capitel.
Die Stimmen der Nacht.

Der vom Ufer Herankommende war ein Mann von jugendlichem Aussehen; er trug eine Blouse und Pantalons, um den Hals ein Tuch von rothem Kattun und auf dem Kopf einen türkischen rothen Fez.

Er hat ein schönes Gesicht; wenn er ruhig einem Maler säße, so würde Jedermann zu seinem Portrait sagen, es sei ein Heldenbild; wenn er aber in lebhafter Bewegung einherkommt, ist der erste Gedanke, den er bei Jedermann erregen muß: das ist ein Spion! Seine Züge sind regelmäßig, die Augen von einem dunklen Schwarz, das reiche Haar gekraust, die Lippen fein geschnitten; allein diese Runzeln um die Augen, diese hinaufgezogenen Mundwickel, die stets schwitzende Stirne und die unstät umherblickenden Augen verrathen eine Sklavenseele, die nur den eigenen Gelüsten fröhnt.

Almira bellte wüthend auf den sich Nähernden, der mit herausfordernder Nonchalance einherschlenderte, wie Einer, der sich bewußt ist, daß Anderen die Pflicht obliegt, ihn zu schützen. Noëmi rief dem Hunde zu, still zu sein, aber er wollte nicht darauf achten; sie packte nun seine beiden Ohren mit ihren Händchen und zog ihn daran zurück; der Hund winselte und knurrte ob der seinen Ohren angethanen Unbill, hörte aber doch nicht auf zu bellen. Zuletzt setzte Noëmi ihr Füßchen auf seinen Kopf und drückte so den Hund zu Boden. Jetzt endlich kroch er zu Kreuz; knurrend streckte er sich aus und ließ den Fuß des Mädchens auf seinen großen schwarzen Kopf liegen, als wäre er eine Last, die er nicht abzuschütteln vermag.

Der Ankömmling aber kam pfeifend und trällernd näher. Schon von weitem rief er:

„Ah! Habt Ihr noch immer diesen verdammten großen Hund! Habt Ihr ihn noch immer nicht abthun lassen? Zuletzt werde ich ihn noch aus dem Wege schaffen müssen. Die einfältige Bestie!"

Als der junge Mann in die Nähe Noëmis gekommen war, schwenkte er seine Hand mit vertraulichem Lächeln gegen das Gesicht des Mädchens, als wollte er ihr mit seinen zwei Fingern in die Wangen kneipen. Noëmi aber zog schnell ihr Gesicht weg.

„Nun, mein kleines Bräutchen, bist Du noch immer so wild? Ei, wie Du gewachsen bist, seitdem ich Dich nicht gesehen habe."

Noëmi sah mit zurückgeworfenem Kopf zu dem Sprecher hinan. Welch' häßliches Gesicht sie auf einmal zu schneiden verstand! Sie runzelte ihre Brauen, warf die Lippen auf und schleuderte einen trotzigen stechenden Blick empor. Selbst ihre Gesichtsfarbe veränderte sich. Der Rosenteint ihrer Wangen wurde plötzlich erdfahl. In der That, sie konnte abscheulich aussehen, wenn sie es wollte.

Der Ankömmling aber sagte zu ihr:

„Ah, wie schön Du seitdem geworden bist!"

Statt einer Antwort sagte Noëmi zum Hunde:

„Kusch, Almira!"

Der Ankömmling trat nun wie Einer, der hier zu Hause, unter die Veranda, wo sein Erstes war, der Hausfrau die Hand zu küssen, dann grüßte er Timar mit freundlicher Herablassung, machte schließlich Euthym und Timea eine höfliche Verbeugung und alsbald öffneten sich die Schleusen seiner Beredsamkeit.

„Guten Abend, liebes Schwiegermütterchen! Gehorsamster Diener, Herr Kommissär! Mein Herr und mein Fräulein, ich heiße Sie willkommen. Mein Name ist Theodor Krißtyan, ich bin Ritter und Kapitän, der zukünftige

Schwiegersohn dieser achtbaren Frau. Unsere Väter waren Busenfreunde und haben Noëmi und mich noch bei Lebzeiten miteinander verlobt. Ich pflege jedes Jahr meine Lieben hier in ihrem sommerlichen Aufenthaltsort zu besuchen, um zu sehen, um wie viel meine Braut schon gewachsen ist. Freut mich ungemein, Sie hier zu finden, Ihnen, mein Herr — wenn ich mich recht erinnere, heißen Sie Timar? — hatte ich schon das Vergnügen, irgendwo zu begegnen. Der andere Herr, scheint mir..."

„Versteht nur griechisch", fiel Timar ihm in die Rede, der zugleich seine Hände so tief in die Rocktaschen bohrte, als wollte er es dem Ankömmling schlechterdings unmöglich machen, ihm die Hand zu drücken, aus Freude über die Wiederbegegnung. Mit ihm, der in seinem Berufe beständig auf Reisen, hielt es ja nicht schwer, häufig zusammenzutreffen.

Theodor Krißtyan fand auch nicht nöthig, sich weiter mit Timar zu beschäftigen, sondern faßte das Leben von der praktischeren Seite auf.

„Ist es doch, als wäre ich hier erwartet worden! Ein prächtiges Abendessen — ein unbesetztes viertes Couvert. Schweins-Pörkölt! das ist meine schwache Seite. Danke sehr, liebe Mama, danke, meine Herren und mein Fräulein. Ich werde dem Souper alle Ehre anthun. Danke vielmals!"

Nicht als ob ein Einziger der hier Genannten ihn genöthigt hätte, Platz zu nehmen und mitzuhalten; er aber that so, als würde er ihrer Einladung folgen, setzte sich an den von Timea verlassenen Platz und fing an, dem Pörkölt wacker zuzusprechen, wiederholt davon auch Euthym anbietend und höchlich erstaunt darüber, daß es eine Christenseele gebe, welche dies Göttergericht verschmäht.

Timar stand vom Tisch auf und sagte zur Hausfrau:

„Der Herr Passagier und das Fräulein sind ermüdet. Sie bedürfen mehr der Ruhe, als der Leibesnahrung. Wollten Sie nicht so gut sein und ihnen ihre Lagerstätte bereiten?"

„Das wird gleich geschehen sein", sagte die Frau. „Noëmi, hilf das Fräulein entkleiden!"

Noëmi stand auf und folgte ihrer Mutter und den beiden Gästen in die Hinterstube. Auch Timar verließ den Tisch, an welchem der neue Gast allein sitzen blieb und mit Heißhunger Alles vertilgte, was auf dem Tische Eßbares übrig war; dazwischen sprach er aber beständig nach rückwärts mit Timar und schleuderte mit der Gabel Almira die abgenagten Knochen zu.

„Sie müssen eine verteufelt schlechte Reise gehabt haben, mein Herr, bei diesem großen Wind. Wundert mich, wie Sie beim Demir Kapin und der Tachtalia durchgekommen sind. Fang' Almira! und sei dann nicht länger zornig auf mich, dummes Thier! — Erinnern Sie sich noch, mein Herr, wie wir uns einmal in Galatz getroffen? — Nun, das gehört auch Dir, Du schwarze Bestie!"

Als er dann einmal sich umsah, fand er, daß weder Timar, noch Almira da waren. Beide hatten ihn verlassen. Timar war auf den Dachboden schlafen gegangen, wo er aus duftendem Heu sich ein Lager zurechtrichtete. Almira aber hatte sich in irgend ein Schlupfloch des Wanderblockes verkrochen.

Nun dreht auch er den Stuhl um, nicht ohne vorher, was im Weinkruge und in den Gläsern der anderen Gäste noch übrig geblieben war, bis auf den letzten Tropfen aus= zutrinken. Dann schnitt er sich von dem Stuhle, auf dem er gesessen, einen Spahn herunter und stocherte damit in den Zähnen herum, wie Einer, der sich sein Nachtessen redlich verdient hat.

Die Nacht war schon hereingebrochen; den vielen umher= geworfenen und ermüdeten Reisenden that es wohl nicht noth, in den Schlaf gewiegt zu werden.

Timar hatte sich in dem lieblich duftenden Heu bequem ausgestreckt und dachte, heute werde er einmal königlich schlafen.

Doch er täuschte sich. Nach schweren Mühen und wechsel=

vollen Kämpfen ist das Einschlafen gerade am schwersten; die einander ablösenden Bilder stürmten wie ein chaotischer Scenenwechsel auf sein Lager herein; ein Gemisch von verfolgenden Gestalten, dräuenden Felsen, Wasserfällen, Schloßruinen, fremden Frauen, schwarzen Hunden, weißen Katzen, dazwischen heult der Sturm, tutet das Schiffshorn, knallen die Peitschen, regnet es Gold, lachen, flüstern und schreien Menschenstimmen durcheinander.

Es half ihm nichts, die Augen zu schließen, er sah und hörte dann nur noch mehr.

Und mit einem Male fing man im Zimmer unter ihm zu sprechen an.

Die Stimmen waren ihm bekannt. Die Hausfrau und der zuletzt Angekommene sprachen mit einander.

Den Dachboden trennte vom Zimmer nur eine dünne Bretterdecke, und man verstand dort oben jedes Wort, das unten gesprochen wurde, als würde es dem Horcher ins Ohr geflüstert. Sie sprachen leise, in gedämpftem Tone, nur dann und wann hob der Mann seine Stimme.

„Nun, Mutter Therese, hast Du viel Geld?" begann der Mann.

„Du weißt recht gut, daß ich keins habe. Weißt Du nicht, daß ich nur Tauschhandel treibe und kein Geld annehme?"

„Das ist sehr einfältig, das gefällt mir nicht. Ich kann's auch nicht glauben."

„Es ist so, wie ich sage. Wer zu mir Obst kaufen kommt, bringt gleich Etwas mit, was ich zu meinem Gebrauche verwenden kann. Was würde ich hier mit dem Gelde anfangen?"

„Ich wüßte wohl, was. Du könntest es mir geben. An mich denkst Du nie. Wenn ich Noëmi zur Frau nehme, kannst Du ihr doch nicht als Mitgift gedörrte Pflaumen geben! Du läßt das Glück Deiner Tochter Dir gar nicht angelegen sein. Du solltest mir vorwärts helfen, damit ich mir eine gute Stellung sichere. Gerade jetzt habe ich meine Ernennung zum ersten Dragoman bei der Gesandtschaft erhalten, aber es fehlt mir an Geld zur Hinreise, denn man hat mir mein Geld aus der Tasche gestohlen und jetzt verliere ich deshalb mein Amt."

Die Frau antwortete in ruhigem Tone:

„Daß Dich Jemand zu einem Amte ernannt haben sollte, das Du verlieren könntest, glaube ich nicht; wohl aber, daß Du in einem Amte bist, das Du nicht verlieren kannst. Daß Du kein Geld hast, das glaube ich Dir, daß es Dir aber gestohlen worden, das glaube ich nicht."

„Nun, so glaube meinetwegen gar nichts. Ich glaube Dir auch nicht, daß Du kein Geld hast. Du mußt welches haben. Hier pflegen Schmuggler anzulegen, die zahlen gut."

„Sprich ganz laut! Ja es ist wahr, manchmal landen auf dieser Insel auch Schmuggler, aber die kommen nicht in die Nähe meiner Hütte, oder wenn sie kommen, so kaufen sie Obst und geben mir Salz in Tausch. Willst Du Salz haben?"

„Willst Du Dich lustig machen über mich? He, und solche reiche Passagiere, wie sie heut bei Dir übernachten?"

„Ich weiß nicht, ob sie reich sind."

„Verlange Geld von ihnen! fordere es! Schneide kein so heiliges Gesicht. — Schaffe Geld herbei, woher immer! Laß mich ungeschoren mit diesem einfältigen australischen Tauschhandel. Erwirb Dir Dukaten, wenn Du in Frieden mit mir bleiben willst. Du weißt, wenn ich am rechten Ort nur ein Wort fallen lasse, so ist es um Dich geschehen."

„Sprich leise, Du Unglücksmensch!"

„Ah, bittest Du mich jetzt schon, leise zu reden? Nun, bring mich ganz zum Schweigen. Sei mir gut, Therese. Laß' ein wenig Geld sehen."

„Wenn aber kein's im Hause ist! Quäle mich nicht. Ich habe keinen Heller. Ich will auch keinen haben. In meinen Augen liegt Fluch auf Allem, was Geld ist. Da, hier sind meine sämmtlichen Truhen, durchsuche sie, und wenn Du etwas darin findest, so nimm Dir's."

Der Mann, so schien es, säumte nicht von dieser Er=
laubniß Gebrauch zu machen, denn bald darauf hörte man
ihn ausrufen:

„Ah, was ist das? Ein goldenes Armband."

„Ja. Das fremde Fräulein hat es Noëmi geschenkt.
Kannst Du es brauchen, so nimm Dir's."

„Es ist seine zehn Dukaten werth. Nun, das ist immer=
hin besser als nichts. Gräme Dich nicht, Noëmi. Wenn
Du meine Frau wirst, kaufe ich Dir zwei Armbänder, jedes
dreißig Dukaten schwer, in der Mitte mit einem Saphir —
nein, mit einem Smaragd. Was willst Du lieber, einen
Saphir oder einen Smaragd?"

Er belachte seinen Einfall und da Niemand auf seine
Frage antwortete, fuhr er fort:

„Jetzt aber, Mutter Therese, bereite ein Lager Deinem
theuern künftigen Schwiegersohne, Deinem Theodorchen,
damit er süß träumen kann von seiner herzallerliebsten
Noëmi."

„Ich kann Dir nirgends ein Bett geben. Im Neben=
zimmer auf dem Dachboden sind unsere Gäste; hier in der
Stube mit uns kannst Du nicht schlafen. Das würde sich
nicht ziemen. Noëmi ist kein Kind mehr. Geh' hinaus
auf den Gang und lege Dich auf die Lindenbank."

„O Du hartherzige grausame Therese. Du willst mich

hinausschicken auf die harte Lindenbank, mich, Deinen einzig geliebten zukünftigen Schwiegersohn?"

„Noëmi, gieb Dein Kopfkissen her. Da nimm! Hier hast Du auch meine Decke. Schlaf wohl."

„Ja, wenn da draußen nicht der verdammte große Hund wäre, diese garstige Bestie wird mich zerreißen."

„Habe keine Angst vor ihm. Ich werde ihn an die Kette legen. Das arme Thier, es wird nie angebunden, außer wenn Du auf der Insel bist."

Frau Therese hatte Mühe, Almira aus ihrem Loch hervorzulocken; der arme Hund wußte recht gut, was in einem solchen Falle ihn erwartete, und daß er nun an die Kette gelegt werden soll; doch er war an Gehorsam gewöhnt und so ließ er von seiner Herrin sich anketten.

Dies machte ihn nun erst recht wüthend gegen den, welcher die Ursache seiner Gefangenschaft war.

Sowie Therese auf ihr Zimmer zurückgekehrt und Theodor allein draußen auf dem Gange geblieben war, fing der Hund an, grimmig zu bellen und auf dem engen Raum herumzutanzen, den die Kette ihm frei ließ; dann und wann machte er einen Ruck, um zu versuchen, ob es ihm nicht gelingen werde, Halsband oder Kette zu zerreißen oder den Hollunderstamm zu entwurzeln, an dem die Kette befestigt war.

Theodor aber neckte ihn noch mehr. Er fand ein Ge=

fallen daran, ein Thier zu reizen, das ihn nicht erreichen kann und vor Wuth darüber schäumt.

Er ging ganz nahe an ihn heran, nur eine Fußbreite zwischen sich und dem Punkte lassend, welchen die Kette dem Hunde zu erreichen gestattete, und fing dann an, auf allen Vieren vor ihm herumzukriechen und ihm Grimmassen zu schneiden. Er bohrte ihm einen Esel, streckte die Zunge gegen ihn heraus, spuckte ihm in die Augen und ahmte das Hundegebell nach.

„Hau! hau! Möchtest mich gern erwischen, nicht wahr? Hau, ha! da ist meine Nase, beiß sie ab, wenn du kannst. Nun, du bist mir ein schönes Hündchen. Du garstige Bestie! Hau! hau! So zerreiß doch deine Kette! Komm, raufe mit mir. Schnappe nach meinem Finger, du hast ihn ja vor deiner Nase. Nur zu, wenn's beliebt!"

Almira hielt plötzlich in ihrer größten Wuth inne. Sie bellte nicht mehr; sie war zu Verstand gekommen. Der Klügere giebt nach, dachte sie. Sie reckte den Kopf hoch empor, als wollte sie das vor ihr stehende andere vierbeinige Thier sich betrachten, dann machte sie Kehrt, und scharrte nach Hundeart mit den Hinterfüßen nach rückwärts, Staub und Sand aufwirbelnd, so daß jenes andere Thier Mund und Augen davon voll bekam, worauf es seine Stelle verließ und in das Gebell des Menschen, in Flüche ausbrach. Almira aber zog sich sammt ihrer Kette in das neben dem Hollunderstamme befindliche Loch zurück, aus dem sie nicht wieder hervor kam; sie bellte auch nicht mehr, nur ein fieberhaftes Keuchen ließ sich noch lange vernehmen.

Auch Timar hörte es. Er konnte nicht schlafen. Die Bodenthür hatte er offen gelassen, daß Licht hineinkomme. Es war eine Mondscheinnacht und als der Hund verstummt war, lag tiefe Stille über der Landschaft. Eine wunderbare Ruhe, deren Melancholie die vereinzelten Stimmen der Nacht und der Einöde noch phantastischer machten.

Wagengerassel, Mühlengeklapper, Menschenstimmen sind hier nicht mehr zu hören. Es ist dies ein Reich der Sümpfe, Inseln und Untiefen. Von Zeit zu Zeit schallt ein tiefes Brummen durch die Nacht, der Pfiff der Rohrdommel, dieses befiederten Sumpfbewohners. Der Flug von Nachtvögeln zieht dahinsterbende Accorde durch die Luft und der ausruhende Wind macht sich Aeolsharfen aus den Pappeln, durch deren zitterndes Laub er rauscht. Der Wasserhund heult im Rohr und ahmt die Stimme eines weinenden Kindes nach, und der Hirschkäfer schnurrt an der weißen Wand der Hütte. Ringsumher liegt das dunkle Dickicht, in welchem Feen ihren Fackeltanz zu halten scheinen, unter den morschen Bäumen fahren Irrlichter umher, einander verfolgend; den Blumengarten aber übergießt der Mond mit sei-

nem vollen Silberglanz, und die hohen Malven umschwär=
men Nachtschmetterlinge mit silberglänzenden, pfauenartigen
Flügeln.

Welch wundervoller Aufenthalt! Die ganze Seele ver=
senkt sich in ihre Betrachtung. Wie erhaben, wie göttlich ist
diese Einöde!

Wenn nur keine Menschenstimmen sich hineinmengten in
diese Stimmen der Nacht.

Aber auch das ist der Fall.

Dort unten, in den beiden kleinen Löchern der Hütte
liegen gleichfalls schlaflose Menschen, denen irgend ein böser
Geist den Schlummer geraubt hat und die mit tiefen Seuf=
zern die Stimmen der Nacht vermehren.

Aus dem einen Zimmer hörte Timar in die Nacht hin=
ausseufzen: „O du lieber Jesu!" ... während aus dem an=
deren Zimmer: „O Allah!" herauftönt.

Hier kann man nicht schlafen.

Was giebt's dort unten, das Niemanden schlafen läßt?

Während Timar seine Gedanken zu sammeln sucht, fährt
ihm etwas durch den Kopf, das ihn antreibt, sein Lager
zu verlassen, sich den Ueberrock, unter dem er gelegen, schnell
anzuziehen und auf der an die Bodenthüre angelehnten Leiter
zur Erde herabzusteigen.

In demselben Augenblick wie ihm, war auch jemand

Anderem in einem der Zimmer dort unten der gleiche Einfall durch den Kopf gefahren.

Und als Timar, an der Ecke des Hauses stehend, den gedämpften Ruf „Almira!" hören ließ, rief zugleich eine andere Stimme aus der in der Veranda geöffneten Thüre den Namen Almira, als wäre die Eine Stimme das gespenstige Echo der andern.

Beide Rufer traten dann überrascht auf einander zu.

Die andere Gestalt war Therese.

„Sie sind von Ihrer Lagerstätte herabgekommen?" frug die Frau.

„Ja, ich konnte nicht schlafen."

„Und was wollten Sie mit Almira?"

„Ich will Ihnen die Wahrheit gestehen. Mir kam der Gedanke, ob nicht dieser ... Mensch den Hund vergiftet hat, weil er plötzlich so still geworden."

„Ganz derselbe Gedanke kam auch mir. Almira!"

Auf den Ruf kam der Hund aus seinem Loche hervor und wedelte mit dem Schweife.

„Nein, es fehlt ihm nichts", sagte Therese. „Sein Lager auf dem Gange ist unberührt. Komm, Almira, ich will dich losbinden."

Das große Thier legte den Kopf in den Schoß seiner Herrin und ließ sich ruhig das lederne Halsband abnehmen, sprang an ihr hinan, leckte ihr die Wangen und wandte sich hierauf zu Timar, hob eine der großen zottigen Pfoten in die Höhe und legte sie als Beweis seiner hündischen Hochachtung hübsch in Timar's flache Hand. Dann schüttelte der Hund sein Fell, streckte sich der Länge nach aus, und blieb, nachdem er sich einmal auf die rechte und dann auf die linke Seite geworfen, ruhig im weichen Gras liegen. Er bellte nicht mehr.

Man konnte vollkommen darüber beruhigt sein, jener Mensch weilte nicht mehr auf der Insel.

Therese trat näher an Timar heran.

„Kennen Sie diesen Menschen?"

„Ich traf einmal in Galatz mit ihm zusammen. Er kam auf mein Schiff und benahm sich so, daß ich nicht darüber ins Reine kommen konnte, ob er ein Spion oder ein Schwärzer sei. Zuletzt warf ich ihn aus meinem Schiff heraus. Darin besteht unsere ganze Freundschaft."

„Und wie kamen Sie auf den Gedanken, daß dieser Mensch Almira vergiftet haben könnte?"

„Ich will Ihnen die Wahrheit gestehen. Jedes Wort, was unten in den Zimmern gesprochen wird, ist auf dem Dachboden vernehmbar, und als ich mich niedergelegt hatte, war ich genöthigt, das ganze Zwiegespräch mit anzuhören, das unten zwischen Ihnen geführt wurde."

„Haben Sie auch gehört, womit dieser Mensch mir drohte? Wenn ich ihn nicht zufrieden stelle, koste es ihn nur ein Wort über uns und wir seien verloren."

„Ja, ich habe es gehört."

„Und was denken Sie nun über uns? Nicht wahr, daß irgend ein großes, unnennbares Verbrechen uns verbannt hat auf diese außer der Welt gelegene Insel? Oder daß wir hier irgend ein lichtscheues Geschäft betreiben, von dem man nicht sprechen darf? Oder daß wir heimathlose Erben eines verwehmten Namens sind, die vor den Augen der Mächtigen sich hier verborgen halten? Sagen Sie, was denken Sie von uns?"

„Nichts, liebe Frau; ich zerbreche mir nicht den Kopf damit. Sie haben mir für eine Nacht ein gastliches Obdach gewährt. Dafür bin ich Ihnen Dank schuldig. Der Sturm hat sich gelegt; morgen setze ich meine Fahrt fort und denke weiter nicht an das, was ich auf dieser Insel gesehen und gehört."

„Ich will Sie aber nicht so von uns ziehen lassen. Sie haben, ohne zu wollen, Dinge gehört, über welche Sie nicht ohne Aufklärung bleiben dürfen. Ich weiß nicht weßhalb, aber von dem ersten Momente, wo ich Sie sah, haben Sie mir Achtung eingeflößt; und mich quält der Gedanke, daß Sie mit Argwohn und Geringschätzung von uns scheiden sollten. Jener Argwohn wird weder Sie noch mich unter diesem Dache schlafen lassen. Die Nacht ist ruhig und ganz dazu angethan, um die Geheimnisse eines herben Lebens zu erzählen. Dann bilden Sie sich Ihr Urtheil über uns. Ich werde Ihnen nichts verschweigen und treu die Wahrheit berichten. Wenn Sie die Geschichte dieser einsamen Insel und dieser Lehmhütte hier gehört haben werden, dann werden Sie nicht mehr sagen, morgen ziehe ich weiter und denke nie mehr daran; sondern Sie werden von Jahr zu Jahr wiederkommen, wenn Ihr Beruf Sie vorüberführt, und eine Nacht sich ausruhen unter diesem friedlichen Dach. Also setzen Sie sich an meine Seite hier auf die Flurtreppe und hören Sie die Geschichte unserer Hütte."

Achtes Capitel.
Die Geschichte der Inselbewohner.

———

„Vor zwölf Jahren wohnten wir in Pancsova, wo mein Gatte städtischer Beamter war. Er hieß Bellovary. Er war ein junger, hübscher, wackerer Mann und wir liebten einander sehr. Ich zählte damals zweiundzwanzig Jahre und er dreißig. Ich gebar ihm ein Töchterlein, daß wir Noëmi tauften. Wir waren nicht reich, aber wohlhabend. Er besaß ein Amt, ein schönes Haus, einen prächtigen Obstgarten und Felder; ich war eine Waise, als er mich heirathete und brachte ihm baares Vermögen zu; wir konnten anständig leben.

„Mein Mann hatte einen Freund, Maxim Krißtyan, den er sehr liebte. Jener Mensch, der eben hier gewesen, ist ein Sohn von ihm. Damals war er dreizehn Jahre alt, ein schöner, lieber, aufgeweckter Knabe, ein wahrer Blitzjunge. Als ich mein Töchterlein noch auf dem Arme trug, sagten die Väter schon, diese Beiden müssen ein Paar werden, und ich freute mich so, wenn der Junge die Kleine beim Händchen nahm und sie fragte: Wirst du meine Frau werden? und wenn das Kind dann so herzlich dazu lachte.

„Krißtyan war Getreidehändler, ohne jedoch ein richtiger gelernter Kaufmann zu sein, sondern nach Art jener klein= städtischen Kornspekulanten, die, auf einem Fleck sitzend, von den Großspekulanten sich ins Schlepptau nehmen lassen und blind dreingehen; gelingt die Spekulation, so fahren sie gut dabei, wenn nicht, so sind sie ruinirt.

„Da er immer gewann, dachte er, nichts sei einfacher als die kaufmännische Wissenschaft. Im Frühjahr sah er sich in der Gegend um, wie die Saaten stehen, dann schloß er Verträge mit den Großhändlern ab, über das nach der Erntezeit ihnen zu liefernde Getreide.

„Er hatte einen stabilen Kunden an dem Komorner Großhändler Athanasius Brazovics, der ihm jedes Frühjahr große Geldvorschüsse machte für Getreide, welches er im Herbst um den voraus festgesetzten Preis auf dessen Schiffe abzuliefern hatte. — Es war dies für Krißtyan ein ein= trägliches Geschäft; aber ich habe später oft darüber nach= gedacht, daß dies kein Handel, sondern ein Hazardspiel ist, wenn man etwas verkauft, was noch gar nicht vorhanden ist. Braczovics pflegte Krißtyan viel Geld vorzuschießen und weil dieser, außer einem Hause, kein liegendes Vermögen hatte, verlangte er Bürgschaft von ihm. Mein Mann stand mit Freuden für ihn gut; war er doch Grundbesitzer und Krißtyan's Freund. Krißtyan führte ein sehr behagliches Leben; während mein Mann tagelang gebückt am Schreibtische saß, saß Krißtyan den ganzen lieben Tag vor dem Kaffeehause, seine Pfeife schmauchend und mit Geschäftsleuten seiner Sorte plaudernd. Einmal aber stellte sich dann die Geißel Gottes ein. Das Jahr 1816 war ein schreckliches Jahr. Im Frühjahr standen die Saaten prächtig im ganzen Lande. Man konnte auf billige Fruchtpreise rechnen. Im Banat schätzte sich ein Händler glücklich, wenn er zu dem Preise von vier Gulden einen Lieferungsvertrag auf Weizen schließen konnte. Da kam nun ein regnerischer Sommer, durch sechszehn Wochen regnete es unaufhörlich Tag für Tag. Das Getreide verfaulte auf dem Halme; in den als ein zweites Canaan gepriesenen Gegenden trat eine Hungersnoth ein und im Herbst stieg der Preis des Weizens auf zwanzig Gulden der Metzen; und auch da war keiner für den Handel zu bekommen, denn die Landwirthe hielten ihn zurück als Saatkorn."

„Ich erinnere mich daran — sprach Timar dazwischen — ich begann damals meine Laufbahn als Schiffskommissär."

„In dem Jahre also geschah es, daß Maxim Krißtyan

den Vertrag einzuhalten außer Stande war, den er mit
Athanas Brazovics geschlossen hatte. Die Differenz, welche
er hätte decken sollen, machte eine enorme Summe aus. Was
thut nun Maxim Krißtyan? Er hob alle Gelder ein, die
er ausstehen hatte, nahm auch noch bei leichtgläubigen Men=
schen Geld zu leihen und in einer Nacht verschwand er von
Pancsova, all sein Geld mitnehmend und seinen einzigen
Sohn dort zurücklassend.

„Er konnte es leicht thun; seine ganze Habe bestand in
Geld und er ließ nichts zurück, woran sein Herz hing.

„Wozu ist aber dann das Geld auf der Welt, wenn es
einen Menschen so schlecht machen kann, der nichts liebt als
das Geld?

„Seine Schulden, seine Verpflichtungen blieben denen
auf dem Halse, die seine guten Freunde gewesen und für ihn
gutgestanden. Unter diesen war auch mein Mann.

„Und nun kam Athanas Brazovics und verlangte von
den Bürgen die Erfüllung des Vertrags.

„Wohl wahr, er hatte dem durchgegangenen Schuldner
Geld vorgestreckt, und wir erboten uns auch, ihm dies Geld
zurückzuerstatten. Wir hätten die Hälfte unserer Besitzungen
verkauft und davon hätte die Schuld getilgt werden können.
Er aber wollte davon nichts hören, sondern bestand auf der
Erfüllung des Kontraktes. Nicht darum handelte es sich,

wie viel Geld er hergegeben, sondern welche Geldsumme wir ihm zu zahlen schuldig waren. Er gewann dabei das Fünf=
fache. Seine Schrift gab ihm das Recht hierzu; wir dran=
gen mit Bitten und Flehen in ihn, sich mit einem kleineren Gewinn zu begnügen, denn bei ihm handelte es sich ja nur darum, ob er mehr oder weniger gewinnt, nicht um einen Verlust. Doch er blieb unbeugsam. Er verlangte von den Gutstehern die Befriedigung aller seiner Forderungen.

„Wozu aber sind dann, frage ich, Religion und Glau=
ben und alle christlichen jüdischen Konfessionen, wenn es er=
laubt ist, eine solche Forderung zu stellen?

„Die Sache kam vor Gericht; der Richter fällte das Urtheil, unser Haus, unsere Felder, unsere letzte Habe wurde mit Beschlag belegt, versiegelt, auf die Trommel geschlagen.

„Wozu ist aber das Gesetz da, die menschliche Gesellschaft, wenn es geschehen darf, daß Jemand auf den Bettelstab ge=
bracht werde wegen einer Schuld, von der er nie einen Gro=
schen gesehen und ins Elend gestürzt wird wegen eines Dritten, der sich lachend aus dem Staub gemacht?

„Wir boten Alles auf, um uns vor gänzlichem Ruin zu retten; mein Mann reiste nach Ofen und nach Wien, um eine Audienz zu erbitten. Wir wußten, daß der hinter=
listige Betrüger, der mit seinem Gelde durchgegangen war, sich in der Türkei aufhielt, und baten, man möchte seine

Auslieferung erwirken und ihn hierher transportiren, damit er denjenigen befriedige, der mit einer Forderung gegen ihn aufgetreten war; aber wir erhielten überall die Antwort, dazu habe man keine Macht.

„Wozu sind aber dann die Kaiser, die Minister, die Machthaber, wenn Sie nicht im Stande sind, ihren in Bedrängniß gerathenen Unterthanen Schutz zu gewähren?

„Nach diesem furchtbaren Schlag, der uns alle an den Bettelstab gebracht hatte, jagte mein armer Mann in einer Nacht sich eine Kugel durch's Herz.

„Er wollte nicht das Elend seiner Familie, die Thränen seines Weibes, das hungerbleiche Antlitz seines Kindes sehen, und entfloh vor uns unter die Erde.

„Ach, vor uns unter die Erde!

„Wozu ist aber denn der Mann da, wenn er bei großem Unglück, das ihn trifft, keinen anderen Ausweg kennt, als sich aus der Welt zu schaffen und Frau und Kind allein zurückzulassen?

„Und noch immer war des Entsetzlichen kein Ende. Zur Bettlerin, zur Obdachlosen war ich schon geworden, jetzt wollten sie mich auch noch zur Gottesleugnerin machen. Die Gattin des Selbstmörders flehte vergeblich ihren Seelsorger an, ihren unglücklichen Mann zu beerdigen. Der Dechant war ein gar strenger und heiliger Mann, dem die Gebote der Kirche über Alles gingen; er verweigerte meinem Gatten ein ehrliches Begräbniß, und ich mußte es mit ansehen, wie die theure Gestalt des von mir abgöttisch verehrten Mannes vom Abdecker auf dem Leichenkarren hinausgeführt und im Friedhofgraben nothdürftig verscharrt wurde.

„Wozu ist aber dann der Geistliche da, wenn er solches Leid nicht abwenden kann?

„Wozu ist die ganze Welt da?

„Nur das Eine war noch übrig, daß man mich zwang, Selbstmörderin und Kindesmörderin zu werden. Zugleich mich und mein Kind umzubringen. Ich schlang ein Tuch um das Kind, das ich an der Brust trug, und ging mit ihm hinaus ans Donauufer.

„Ich war allein, kein menschliches Wesen begleitete mich.

„Ich ging dreimal am Ufer auf und ab, um zu sehen, wo das Wasser am tiefsten.

„Da packte mich Jemand rückwärts am Kleide und riß mich zurück.

„Ich sah mich um; wer war das?

„Der Hund hier.

„Unter allen lebenden Geschöpfen der letzte Freund, der mir geblieben war!

„Es war am Ufer der Ogradina=Insel, wo sich dies mit mir zutrug. Auf jener Insel hatten wir einen schönen

Obstgarten mit einem kleinen Sommerhaus. Auch dort war schon an alle Thüren das amtliche Siegel gelegt und ich konnte nur mehr in der Küche und unter den Bäumen frei umhergehen.

„Da setzte ich mich nun ans Donauufer und fing an, nachzudenken. Was bin ich? Ich, ein Mensch, ein Weib, sollte schlechter sein, als ein Thier? Sah man schon einen Hund, der sein Junges ertränkte und sich dann selbst umbrachte? Nein, ich werde mich nicht umbringen und auch mein Kind nicht! Ich will am Leben bleiben und es aufziehen! Aber wie werde ich leben? Wie die Wölfe, wie die Zigeunerweiber, die auch kein Haus und kein Brod haben. Ich werde betteln gehen; betteln bei der Erde, bei den Tiefen des Wassers, bei der Wildniß des Waldes, nur bei den Menschen — nie und nimmer.

„Mein armer Mann hatte mir viel erzählt von einer kleinen Insel, welche vor fünfzig Jahren im Röhricht neben der Ogradina sich gebildet hatte. Er ging im Herbst öfter dahin jagen, und sprach viel von einem ausgehöhlten Felsen, in dem er Schutz gesucht gegen Unwetter. Er sagte: die Insel hat keinen Herrn. Die Donau hat sie aufgebaut — für Niemand. Keine Regierung hat Kenntniß von ihr, kein Land ein Recht, sie als sein Besitzthum zu beanspruchen. Dort pflügt und dort säet Niemand. Der Boden, die

Bäume, das Gras, die darauf wachsen, gehören Niemanden an. Wenn sie herrenlos ist, diese Insel, warum sollte ich nicht von ihr Besitz ergreifen? Ich erbitte sie mir von Gott. Ich erbitte sie mir von der Donau. Warum sollen sie mir sie verweigern? Ich werde Frucht darauf bauen. Wie ich es bauen werde? was für Frucht? ich weiß es noch nicht. Die Noth wird es mich schon lehren.

"Ein Kahn war mir noch geblieben. Der Richter hatte ihn nicht bemerkt, und ihn daher nicht mit Beschlag belegt. In den setzten wir uns, ich, Noëmi und Almira. Ich ruderte mich hinüber auf die herrenlose Insel. Ich hatte in meinem Leben noch kein Ruder geführt, aber die Noth lehrte mich's.

"Als ich jenes Stück Erde betrat, ergriff mich ein wunderbares Gefühl. Es war, als hätte ich Alles vergessen, was draußen in der Welt mit mir geschehen war. Es umgab mich hier eine wohlthuende herzbesänftigende Stille und Ruhe. Nachdem ich Au, Hain, und Wiese abgegangen war, wußte ich schon, was ich hier machen werde. In der Au summten die Bienen; im Hain blühte die Haselstaude, auf der Oberfläche des Wassers schwamm die Wassernuß; am Ufer sonnten sich die Schildkröten; um die Baumstämme krochen Schnecken, und im Sumpfgestrüpp reifte der Mannaschwingel. Gütiger Herrgott! Das ist hier dein gedeckter Tisch! — Und das

Gehölz war voll junger Obstwildlinge! Die Goldamseln hatten von der Nachbarinsel die Samenkerne hingetragen, und schon rötheten sich die wilden Aepfel auf den Bäumen, und der Himbeerstrauch hatte noch Spätfrüchte. Jetzt mußte ich schon, was ich auf dieser Insel machen werde. Ich werde einen Garten Eden aus ihr machen. Ich, ich allein. Die Arbeit, die ich hier zu thun habe, kann auch ein einzelner Mensch, ein einzelnes Weib verrichten. Und dann werden wir hier leben wie die ersten Menschen im Paradiese.

„Ich hatte den Felsen gefunden mit seinen natürlichen Grotten. In der größten lag eine Streu Heu ausgebreitet. Sie hatte einst meinem armen Manne als Ruhestätte gedient. Ich besaß ein Wittwenrecht darauf; es war mein Erbtheil. Ich stillte dort mein Kind, schläferte es dann ein, bettete es in das Heu und deckte es mit meinem großen Umhängtuch zu. Zu Almira sagte ich: bleib hier und halte Wache bei Noëmi, bis ich zurückkomme. Dann ruderte ich zurück auf die große Insel. Ueber die Veranda meiner Sommerwoh=
nung war ein Linnendach ausgespannt; ich nahm es herab. Das werden wir als Zelt, als Decke, später vielleicht als Winterkleid benutzen können; in das Linnen that ich dann was noch an Küchen= und Gartengeräthen herumlag, und machte ein Bündel daraus, so groß, als ich es auf dem Rücken erschleppen konnte. Reich beladen in vierspännigem

Wagen war ich in das Haus gekommen; mit einem Bündel auf dem Rücken hielt ich meinen Auszug; und doch war ich keine Verschwenderin und nicht schlecht gewesen. Wie aber, wenn dies Bündel trotzdem schon gestohlenes Gut ist? Wohl wahr, was darin, ist mein Eigenthum, aber daß ich es forttrage, ist es nicht Diebstahl? Ich wußte es nicht. Die Begriffe von Recht oder Unrecht, von dem was erlaubt oder unerlaubt, waren in meinem Kopf ganz in Verwirrung gerathen. Ich floh mit dem Bündel wie ein Dieb aus meiner eigenen Behausung. Auf dem Wege durch den Garten schnitt ich von jedem meiner prächtigen Obstbäume ein paar Zweige ab, und Schößlinge von den Feigenstöcken und Beerensträuchern, las die herabgefallenen Samenkerne vom Boden auf und that sie in meine Schürze — dann küßte ich die herabhängenden Zweige der Trauerweide, unter der ich so oft süß geschlummert und geträumt hatte. Nun war es für immer aus mit diesen glücklichen Träumen. Nie kehrte ich wieder an diesen Ort zurück. Endlich nahm mich der Kahn auf und trug mich in die Donau hinab.

„Während ich so zurückruderte, ängstigten mich zwei Dinge. Das Eine war: auf der Insel hausen unliebsame Bewohner, Schlangen. Gewiß giebt es deren auch in jener Felsengrotte. Der Gedanke daran flößte mir Abscheu ein und Furcht für Noëmi. Das Andere, was mich ängstigte, war: ich kann mich Jahre lang erhalten von wildem Honig, Wassernüssen, Mannaschwingel; mein Kind ernährt die Mutterbrust; womit aber werde ich Almira füttern? Das treue Thier kann nicht von dem leben, womit ich mich ernähre. Und doch bedarf ich seiner, ohne Almira als Beschützer werde ich vor Furcht vergehen in dieser Einöde. Als ich mit meinem Bündel mich bis zur Felsengrotte geschleppt hatte, sah ich vor mir den Schwanz einer großen Schlange, noch zuckend, und weiter davon lag der abgebissene Schlangenkopf. Was zwischen Kopf und Schwanz fehlte, hatte Almira gefressen. Das kluge Thier lag dort vor dem Kinde, mit dem Schweif wedelnd und mit der Zunge seinen Mund beleckend, als wollte es sagen: ich habe schon gespeist.

„Von da an machte er Jagd auf Schlangen. Sie waren seine tägliche Speise. Im Winter scharrte er sie aus ihren Löchern. Mein Freund — denn so gewöhnte ich mich den Hund zu nennen — hatte gefunden, was er zum Leben brauchte und hatte mich befreit von den Gegenständen meiner Angst.

„O, mein Herr, das war ein unbeschreibliches Gefühl, als wir hier die erste Nacht allein zubrachten, und Niemand anderer mit mir war, als mein Gott, mein Kind und mein Hund. Ich wage nicht, es Schmerz zu nennen; es war eher ein fast wonniges Gefühl. Ich breitete das Linnen über uns

Drei, und wir erwachten erst, als das Gezwitscher der Vögel uns weckte.

„Nun begann die Arbeit. Die Arbeit der Wilden. Vor Sonnenaufgang mußte ich hinaus Manna sammeln. Der Ungar nennt sie deshalb Thauhirse (harmatkàsa). Die armen Weiber gehen hinaus in das Sumpfgestrüpp, wo dieses Gewächs mit süßschmeckendem Samen wuchert; die Kleider aufgeschürzt, beide Hände ausgestreckt, gehen sie das Gestrüpp ab, und der reife Samen fällt in ihren Schoß. Das ist die Manna, das Himmelsbrod Derjenigen, denen Niemand Speise giebt.

„Herr! Ich habe zwei Jahre lang von diesem Brod gelebt, und täglich auf den Knieen Demjenigen gedankt, der für die Vögel des Feldes sorgt.

„Wildes Obst, Honig von Waldbienen, Haselnüsse, Schildkröten, Eier von Wildenten, für den Winter zurückgelegte Wassernüsse, Landschnecken, getrocknete Pilze bildeten meine tägliche Kost. Der Herr sei gepriesen, der seinen Armen den Tisch so reich gedeckt.

„Und während dieser ganzen Zeit mühte ich mich mit den Aufgaben ab, die ich mir gesetzt hatte. Im Gehölz veredelte ich die Wildlinge mit den mitgebrachten Pfropfreisern und pflanzte in das umgebrochene Erdreich Obststräucher, Weinreben und Nutzgewächse. An der Südseite des Felsens säete ich Baumwollpflanzen und Seiden-Schwalbenwurz, aus deren Produkten ich auf einem Webstuhl aus Weidenholz Gewebe verfertigte, in die wir uns kleideten. Aus Rohr und Binsen flocht ich Bienenkörbe, in welchen ich Waldbienen-Schwärme auffing, und schon im ersten Jahre konnte ich einen Tauschhandel mit Wachs und Honig beginnen. Müller und Schwärzer kamen manchmal auf die Insel; sie halfen mir bei der schweren Arbeit und Keiner that mir was zu Leide. Sie wußten, daß ich kein Geld habe und zahlten mir mit Handleistungen und den nöthigen Geräthschaften; sie wußten schon, daß ich kein Geld annehme. Als dann die Obstbäume heranwuchsen, o da fing ich an, in Reichthum zu schwimmen. In dem angeschwemmten Erdreich wächst jeder Baum üppig, daß es eine Lust ist. Ich habe Birnbäume, die zweimal im Jahre reife Früchte tragen; alle jungen Bäume treiben frisch um Johanni. Und bei mir tragen die Bäume jedes Jahr. Ich bin ihnen hinter alle ihre Geheimnisse gekommen, und weiß jetzt, daß unter der Hand eines guten Gärtners es weder ein überreiches, noch ein Mißjahr geben darf. Die Thiere verstehen die Sprache des Menschen, und ich glaube, daß auch die Bäume Ohr und Auge haben für Denjenigen, der sie liebevoll pflegt und ihre geheimen Wünsche ihnen ablauscht und sie sind stolz darauf, wenn sie ihm gleichfalls Freude bereiten können. O die Bäume sind so verständige Wesen! In ihnen wohnt eine Seele. Ich halte den einem Mörder gleich, der einen edlen Baum umhaut.

"Das sind meine Freunde hier.

"Ich liebe sie, lebe in ihnen und durch sie.

"Was sie von Jahr zu Jahr mir liefern, danach kommen Leute aus den Nachbardörfern und von den Mühlen auf die Insel, sich das abzuholen, und geben mir in Tausch dafür, was ich in meine Haushaltung brauche. Für Geld habe ich nichts feil. Ich habe Abscheu vor dem Gelde, dem verwünschten Gelde, das mich aus der Welt vertrieben und meinen Mann aus dem Leben. Ich will nie mehr Geld sehen.

"Deshalb aber bin ich doch nicht so thöricht, um nicht vorbereitet zu sein, daß einmal Mißjahre kommen werden, welche des Menschen Fleiß vereiteln; es können Spätfröste kommen, Hagelschläge, welche den Segen des Jahres vernichten. Auch für schlechte Jahre habe ich vorgesorgt. Im Kellerloche meines Felsens und zwischen seinen luftigen Spalten speichere ich auf, was ich an haltbaren Tauschwaaren besitze; in Fässern Wein, in Tönnchen Honig, in Ballen Schaf- und Baumwolle in genügender Menge, um vielleicht auf zwei Jahre gegen Noth geschützt zu sein. Sie sehen, ich habe, wenn auch kein Geld, doch eine Sparkasse. Ich kann mich reich nennen, und doch ging kein rother Heller seit zwölf Jahren durch meine Finger!

„Denn seit zwölf Jahren bewohne ich diese Insel, mein Herr. Ich allein mit den zwei Anderen; denn Almira rechne ich gleich einem Menschen. Noëmi behauptet zwar, daß wir unser vier seien. Bei ihr zählt auch Narcissa. Das einfältige Kind!

„Sehr viele wissen um unser Hiersein, doch in dieser Gegend kennt man Verrath nicht. Jene künstliche Abschließung, die zwischen den Grenzen der beiden Länder besteht, hat die hiesige Bevölkerung verschlossen gemacht. Niemand mischt sich neugierig in fremde Dinge, Jeder bewahrt, was er weiß, instinktmäßig als Geheimniß. Von hier gelangt keine Kunde nach Wien, Ofen oder Stambul.

„Warum auch sollten sie mich anzeigen? Ich bin Niemandem im Wege und schade Niemandem. Ich baue Obst auf meinem verlassenen Stück Erde, das keinen Herrn hat. Gott der Herr und der königliche Donaustrom haben es mir gegeben, und ich danke ihnen täglich dafür. Dank dir, mein Herrgott, Dank dir, mein König!

„Ich weiß nicht, ob ich eine Religion habe. Seit zwölf Jahren habe ich keinen Geistlichen, keine Kirche gesehen. Noëmi weiß nichts davon. Ich habe sie lesen und schreiben gelehrt; ich erzähle ihr von Gott, Jesus und Moses, so wie ich sie kenne; von jenem gütigen, allliebenden, allbarmherzigen, allgegenwärtigen Gott, von jenem Jesus, der erhaben in seinen Leiden und göttlich in seiner Menschlichkeit, und von Moses, jenem Feldherrn der Volksfreiheit, der, in der Wüste herumziehend, lieber Hunger und Durst leidet, als die Freiheit mit den Fleischtöpfen der Knechtschaft zu vertauschen, dem Wohlthätigkeit und Bruderliebe predigenden Moses, wie sie mir vorschweben. Von jenem unerbittlichen Gott der Rache, dem Gotte der Auserwählten, dem Opfer heischenden, in geschmückten Tempeln wohnenden Gott, und von jenem privilegirten Jesus, dem blinden Glauben fordernden, Zins auferlegenden, Brüder verfolgenden Jesus und von jenem Geld erpressenden, Haß predigenden, selbstsüchtigen Moses, von denen Bücher und Kanzeln, Glocken und Kirchengesänge erzählen, von denen weiß sie nichts.

„Nun wissen Sie schon, wer wir sind und was wir hier machen. Erfahren Sie jetzt auch, wo mit dieser Mensch uns droht.

„Er ist der Sohn des Mannes, für den mein Gatte gutgestanden, der ihn zum Selbstmord getrieben, um deffentwillen wir uns aus der menschlichen Gesellschaft in die Wildniß geflüchtet haben.

„Er war ein dreizehnjähriger Knabe, als wir so um Alles kamen und auch ihn dieser Schlag traf; denn sein Vater hatte auch ihn verlassen.

„In der That, es wundert mich nicht, daß aus dem Sohn ein so elender Mensch geworden.

„Von seinem eigenen Vater verlassen, als Bettler von der Welt ausgestoßen, auf das Mitleid fremder Menschen angewiesen, betrogen und bestohlen von dem, an dem er mit kindischer Verehrung hätte hängen sollen, als der Sohn eines Betrügers schon in seinen jungen Jahren gebrandmarkt: ist es da ein Wunder, wenn er genöthigt war, das zu werden, was aus ihm geworden ist?

„Und doch weiß ich noch nicht ganz, was ich aus ihm machen soll; aber das, was ich von ihm weiß, ist schon genug.

„Die Leute, welche hier auf die Insel kommen, wissen allerlei von ihm zu erzählen.

„Nicht lange, nachdem sein Vater durchgegangen war, machte auch er sich auf den Weg in die Türkei. Er sagte, er gehe seinen Vater suchen. Die Einen behaupten, daß er ihn gefunden, die Anderen, daß er nie auf seine Spur gekommen. Nach Einigen soll er sogar seinen eigenen Vater bestohlen, und das Geld, mit dem er durchging, verpraßt haben. Gewisses weiß man darüber nichts. Von ihm selbst ist nichts zu erfahren, denn was er spricht, ist Lüge. Wo er sich herumgetrieben, was er gethan, darüber erzählt er nur Märchen, in deren Erfindung er so geschickt ist, und die er so täuschend vorzutragen weiß, daß es selbst denjenigen verblüfft, der mit eigenen Augen das Gegentheil davon gesehen, so daß er sich frägt, ob vielleicht doch nicht etwas Wahres an der Sache ist. Man sieht ihn heute hier, morgen dort. In der Türkei, in der Walachei, in Polen und in Ungarn ist man ihm begegnet, in allen diesen Ländern gibt es keinen berühmten Mann, den er nicht kennen würde; mit wem er einmal zusammenkommt, den betrügt er, und wen er einmal betrogen hat, der kann gewiß sein, daß er ihn noch einmal betrügen wird.

„Er spricht zehn Sprachen, und für welchen Landsmann er sich ausgibt, dafür hält man ihn auch. Das einemal kommt er als Kaufmann, ein andermal als Soldat, dann wieder als Seemann, heute ist er ein Türke, morgen ein Grieche. Er ist schon als polnischer Graf aufgetaucht, dann als Bräutigam einer russischen Fürstin, und auch als ein deutscher Wunderdoktor, der mit seinen Pillen jede Krankheit heilt. Was sein eigentlicher Beruf, kann Niemand ergründen. Eins jedoch ist gewiß — er ist ein bezahlter Spion. Ob im Dienste der Türken, der Oesterreicher, der Russen, wer weiß es? Vielleicht dient er allen Dreien und auch noch Anderen. Er dient Jedermann, und betrügt Alle.

„In jedem Jahr findet er sich einige Male auf der

Insel ein. Er kommt in einem Kahne vom türkischen Ufer herüber und fährt in demselben Kahn von hier auf das ungarische Ufer hinüber. Von dem, was er dort zu thun hat, habe ich keine Ahnung. Daß er aber die Pein, die mir sein Erscheinen verursacht, nur zu seinem Privatvergnügen mir bereitet, bin ich stark geneigt zu glauben. Ich weiß auch, daß er ein Feinschmecker und ein Wollüstling ist. Bei mir findet er leckere Kost und ein aufblühendes junges Mädchen, das er damit zu ärgern liebt, indem er es seine Braut nennt. Noëmi haßt ihn. Sie ahnt nicht einmal, wie berechtigt ihr Haß ist.

„Doch glaube ich nicht, daß Theodor Krißthan blos deshalb diese Insel besucht. Diese Insel muß noch andere Geheimnisse haben, die mir unbekannt sind. Er ist ein bezahlter Spion. Dabei hat er ein schlechtes Herz. Er ist verdorben vom Wirbel bis zur Zehe und zu aller Niedertracht fähig. Er weiß, daß ich mit meiner Tochter die Insel nur usurpire, daß ich nach menschlichen Gesetzen kein Recht auf sie habe. Im Besitz dieses Geheimnisses brandschatzt, ärgert und peinigt er uns beide. Er droht uns, daß er, wenn wir ihm nicht geben, was er verlangt, uns anzeigen werde bei der österreichischen und bei der türkischen Regierung, und sobald diese erfahren, daß in der Mitte der Donau ein neues Stück Land entstanden, welches in keinem

der Friedensschlüsse verzeichnet ist, wird sogleich ein Gebiets=
streit zwischen beiden Ländern daraus entstehen, bis zu dessen
Beendigung man alle Bewohner von dort ausweisen wird,
wie dies mit dem Gebiet zwischen dem Berg Allion und
dem Csernafluß der Fall war. Es kostet diesen Menschen
nur ein Wort, um alles das, was ich auf dieser einsamen
Insel durch zwölfjährige mühevolle Arbeit zu Stande gebracht, zu Nichte zu machen, um dieses Eden, in dem wir
so glücklich sind, wieder in eine Wildniß umzuwandeln und
uns neuerdings heimathlos in die Welt hinauszustoßen. Ja
noch mehr. Wir haben nicht nur vor der Entdeckung durch
die politischen Behörden des Kaisers, sondern auch vor
Entdeckung durch die Pfaffen zu zittern. Wenn die Erz=
bischöfe, die Patriarchen, die Archimandriten und Dechanten
erführen, daß hier auf der Insel ein Mädchen heranwächst,
das noch nie, seitdem sie getauft worden, eine Kirche zu
Gesicht bekommen, sie würden sie mir mit Gewalt weg=
nehmen und in ein Kloster stecken. Verstehen Sie jetzt, mein
Herr, jene schweren Seufzer, vor denen Sie nicht einschlafen
konnten?"

Timar starrte in die volle Mondscheibe, welche hinter
den Pappeln unterzugehen begann.

„Warum — dachte er bei sich — bin ich jetzt nicht ein
mächtiger Herr?"

„Und so kann dieser Mensch — fuhr Therese fort — jeden Tag uns ins Elend stürzen. Er braucht nur in Wien oder in Stambul die Anzeige davon zu machen, daß hier auf der Donau ein neues Territorium ist, und wir sind zu Grunde gerichtet. Niemand in dieser Gegend wird uns verrathen, nur er allein ist dessen fähig. Doch ich bin auf Alles vorbereitet. Die Entstehungsursache dieser Insel ist einzig und allein dieser Fels an der Spitze der Insel. Dieser hält die anprallende Strömung der Donau auf. In einem Jahre, als Milos mit den Serben Krieg führte, haben serbische Schwärzer drei Kisten Schießpulver im Gestrüpp dieser Insel versteckt. Seitdem kam Niemand, sie abzuholen. Vielleicht sind Diejenigen, welche das Schießpulver hier versteckt haben, von den Türken gefangen oder erschlagen worden. Ich fand es und halte es in dem tiefsten Loche dieses großen Felsens geborgen. — Mein Herr, wenn man von dieser Insel, die jetzt herrenlos ist, mich vertreiben will, so schleudere ich eine brennende Lunte in das Schießpulver und der Fels mit uns Allen fliegt in die Luft; im nächsten Frühjahr aber nach dem Eisgange wird kein Mensch mehr hier von der Insel eine Spur finden. Jetzt wissen Sie, warum Sie an diesem Orte nicht schlafen konnten."

Timar stützte sein Haupt auf die Hand und starrte vor sich hin.

„Noch Eins will ich Ihnen sagen", sprach Frau Therese, sich nahe zu Timar hinbeugend, damit er die leise geflüsterten Worte vernehmen könne. „Ich glaube, daß dieser Mensch noch einen anderen Grund hatte, hierher zu kommen, und wieder zu verschwinden, als den, weil er sein Geld in der ersten besten Kneipe verspielt hatte, und etwas von mir erpressen wollte. Sein Besuch galt entweder Ihnen oder diesem anderen Herren. Seien Sie auf Ihrer Hut, wenn Einer von Ihnen die Entdeckung eines Geheimnisses zu fürchten hat!"

Der Mond verschwand hinter den Pappeln, und im Osten begann es zu dämmern. Die Goldamseln fingen zu schlagen an. Es wurde Morgen.

Von der Morava-Insel her drangen die langgedehnten Hornklänge herüber. Es war der Wachruf für die Schiffsleute.

Schritte waren im Sande zu vernehmen. Ein Schiffsknecht kam vom Landungsplatz mit der Nachricht, das Schiff sei zur Abfahrt gerüstet, der Wind habe sich gelegt, und man könne weiter fahren.

Aus der kleinen Behausung traten die Gäste hervor: Euthym Trikališ und dessen Tochter, die schöne Timea mit dem blendend weißen Antlitz.

Auch Noëmi war schon auf, und kochte frischgemolkene

Ziegenmilch zum Frühstück, mit geröstetem Kukuruz statt Kaffe, und Scheibenhonig statt Zucker. Timea trank nicht davon, sondern ließ statt ihrer Narcissa die Milch trinken, welche das von dem fremden Mädchen Dargebotene zum großen Verdruß Noëmi's nicht verschmähte.

Euthym Trikaliß fragte Timar, wohin denn jener Fremde, der gestern Abends sich hier eingefunden, gekommen sei? Timar theilte ihm mit, derselbe sei noch in der Nacht weiter gezogen.

Auf diese Mittheilung verdüsterte sich sein Gesicht noch mehr.

Dann nahmen sie alle Abschied von ihrer Hausfrau. Timea war verstimmt, sie klagte darüber, daß sie noch immer sich unwohl fühle. Timar blieb der letzte zurück, und übergab Theresen ein türkisches buntfarbiges Seidentuch als Geschenk für Noëmi, wofür sie ihm dankte, und versprach, Noëmi werde es tragen.

Dann entfernten sie sich, indem sie den Rasenpfad einschlugen, der zum Kahn führte: Therese und Almira begleiteten sie bis ans Ufer.

Noëmi aber stieg auf die Spitze des verirrten Felsens; dort, zwischen dichten Moosblumen und den fetten Blättern des Mauerpfeffers (sedum) sitzend schaute sie dem abfahrenden Kahne nach.

Narcissa kroch ihr dahin nach, kauerte sich in ihren Schooß und schmiegte sich mit ihrem geschmeidigen Hals an ihren Busen.

„Marsch! Du Treulose! So also liebst du mich? Mich ließest du in Stich, und machtest dich an das andere Mädchen, blos weil es schön ist, und ich nicht. Geh ich hab dich nicht mehr lieb!"

Und dann drückte sie das Schmeichelkätzchen mit beiden Händen an ihre Brust, preßte das glatte Kinn auf das weiße Köpfchen der Schmeichlerin — und starrte dem Kahne nach. In beiden Augen glänzte eine Thräne.

Neuntes Capitel.
Ali Tschorbadschi.

Am folgenden Tage fuhr die „heilige Barbara" bei günstigem Wetter den ganzen Tag lang im ungarischen Donauarm stromaufwärts. Bis zum Abende ereignete sich nichts Bemerkenswerthes.

Zeitig Abends legten sich Alle nieder. Sie waren darin einig, daß man in der vorigen Nacht wenig habe schlafen können.

Allein auch in dieser Nacht sollte Timar wenig Schlaf finden. Auf dem Schiff war es ruhig, da es vor Anker lag, nur das eintönige Plätschern der an die Schiffswände schlagenden Wellen erhielt die Nacht wach; aber mitten in dieser Stille kam es ihm vor, als wären seine Nachbarn mit irgend einem großen, geheimnißvollen Werke beschäftigt. Aus der Nebenkabine, welche von der seinigen nur durch eine Bretterwand getrennt war, drangen allerlei Töne zu ihm herüber, wie das Klirren von Goldstücken, ein Geräusch, als würde aus einer Flasche der Pfropfen herausgezogen und mit einem Löffel umgerührt, als schlüge Jemand die Hände zusammen und als finge man an, sich dort bei Nacht zu waschen, und dann wieder jener Seufzer, wie in der vergangenen Nacht: „O Allah!"

Endlich wurde leise an die Zwischenwand geklopft.

Euthym Trikaliß rief ihn:

„Mein Herr, kommen Sie zu mir herüber."

Timar kleidete sich schnell an und eilte in die Nachbarkabine.

In dieser befanden sich zwei Betten und dazwischen ein Tischchen. Von dem einen Bett waren die Vorhänge herabgelassen, in dem anderen lag Euthym. Auf dem Tischchen standen eine Chatouille und zwei kleine Gläser.

„Mein Herr, Sie befehlen?" sagte Timar.

„Ich befehle nicht — ich bitte."

„Fehlt Ihnen etwas?"

„Es wird mir bald nichts mehr fehlen. Ich sterbe. Ich will sterben. Ich habe Gift genommen. Schlage keinen Lärm. Setze Dich zu mir und höre an, was ich Dir zu sagen habe. Timea wird nicht munter werden, ich habe ihr Opium zu trinken gegeben, um sie in tiefen Schlaf zu versetzen. Denn in dieser Stunde darf sie nicht wach sein. Unterbreche mich nicht. Was Du mir sagen kannst, ist für mich von keinem Nutzen mehr, ich aber habe Dir viel zu sagen, und ich habe nur mehr eine kurze Stunde Zeit übrig, denn das Gift wirkt schnell. Mache keine unnützen Rettungsversuche. Hier in meiner Hand halte ich das Gegengift; wenn ich meine That bereuen würde, stände es bei mir, sie ungeschehen zu machen. Aber ich will es nicht und thue recht daran. Setze Dich also nieder und höre zu.

„Mein wahrer Name ist nicht Euthym Trikaliß, sondern Ali Tschorbadschi, ich war einst Gouverneur von Candia und dann Khazniar in Stambul. Du weißt, was jetzt in der Türkei vorgeht. Der Sultan macht Neuerungen und die Ulema's, die Dere-Begs und Szandschak-Begs empören sich gegen ihn. In solchen Zeiten sind Menschenleben billig. Die Eine Partei mordet zu Tausenden die, welche nicht zu ihr halten, und die andere Partei steckt zu Tausenden die Häuser derjenigen in Brand, welche am Ruder sind; keiner ist so hoch gestellt, um sicher zu sein vor der Hand seines Herrschers oder seines Sklaven. Der Stambuler Kajmakan ließ unlängst sechshundert aufständische Türken in Stambul erdrosseln und ihn selbst erstach sein eigener Sklave in der Sophien-Moschee. Jede Neuerung kostet Menschenblut. Als der Sultan Edrene besuchte, wurden sechsundzwanzig hervorragende Männer eingezogen, zwanzig wurden enthauptet, die anderen sechs spannte man auf die Folter. Nachdem sie, um sich zu retten, falsche Aussagen gegen die Großen des Landes gemacht hatten, erdrosselte man sie. Dann wurden Diejenigen in Verfolgung genommen, gegen welche sie ausgesagt hatten. Die verdächtigen Großen verschwanden, ohne daß man weiter von ihnen hörte. Der Sekretär des Sultans, Waffat-Effendi, wurde nach Syrien geschickt und unterwegs von den Drusen erschlagen. Den Pascha Pertao lud der Gouverneur von Edrene, Emin-Bascha, zu Tisch; nach beendeter Mahlzeit brachte man schwarzen Kaffe, und gab ihm zu wissen, daß er auf Befehl des Sultans in dieser Schale Gift trinken müsse. Pertao bat nur, daß man ihm erlaube, das selbst mitgebrachte Gift in den Kaffe mischen zu dürfen, denn es tödte sicherer; dann segnete er den Sultan, wusch sich, betete und starb. Noch heutzutage trägt jeder türkische Große in seinem Siegelringe Gift, um es bei der Hand zu haben, wenn die Reihe an ihn kommt.

„Ich wußte bei Zeiten, daß jetzt die Reihe an mich kommen werde. Nicht, als wäre ich ein Verschwörer gewesen; aber aus zweierlei Ursachen war ich reif für die Schnur. Diese Ursachen waren mein Geld und meine Tochter.

„Mein Geld brauchte das Khazne, und meine Tochter das Serail.

„Sterben ist nicht schwer, auf den Tod bin ich gefaßt; aber meine Tochter gebe ich nicht ins Serail, und zum Bettler lasse ich mich nicht machen.

„Ich beschloß meinen Feinden einen Strich durch die Rechnung zu machen und mit meiner Tochter und meinem Vermögen zu entfliehen.

„Den Seeweg konnte ich nicht wählen, denn dort hätten die neuen Ruderschiffe mich bald eingeholt.

„Schon seit früherer Zeit hielt ich mir für alle Fälle einen Paß nach Ungarn in Bereitschaft; ich verkleidete mich als griechischen Kaufmann, rasirte mir meinen langen Bart ab und gelangte auf Schleichwegen nach Galatz. Von dort war zu Land nicht weiter zu kommen. Ich miethete mir also ein Schiff und belud es mit Weizen, den ich mir ein=

kaufte. In dieser Gestalt brachte ich mein Geld am besten in Sicherheit. — Als Du mir den Namen Deines Schiffs= herrn nanntest, war ich hoch erfreut. Athanas Brazovics ist mit mir verwandt. Timea's Mutter war eine Griechin und aus seiner Familie. Ich habe diesem Manne öfter Wohlthaten erwiesen, jetzt soll er sie mir vergelten. Allah ist groß und weise! seinem Schicksal kann Niemand entrin= nen. Du ahntest schon, daß ich ein Flüchtling sei, wenn Du auch noch nicht im Reinen darüber warst, ob Du einen Verbrecher oder einen politischen Flüchtling vor Dir hattest; demungeachtet hieltest Du es für Deine Pflicht, als Schiffs= führer, dem Dir anvertrauten Passagier zu rascher Flucht zu verhelfen. In wunderbarer Weise kamen wir glücklich durch die Felsen und Wirbel des Eisernen Thores; durch ein toll= kühnes Wagniß entzogen wir uns der Verfolgung durch die türkische Brigantine; spielend wußten wir die Kontumaz und die Zolluntersuchung zu umgehen, und nachdem wir so alle die Schreckgespenster hinter uns hatten, stolperte ich über einen Strohhalm, der mir unter die Füße kam, in mein Grab.

„Jener Mensch, der gestern Abends auf die verborgene Insel uns nachkam, war ein Spion der türkischen Regie= rung. Ich kenne ihn, und auch er hat mich sicher erkannt. Niemand wußte meine Spur ausfindig zu machen, nur er. Jetzt ist er mir vorausgeeilt und in Pancsova stehen sie schon bereit, mich in Empfang zu nehmen. Sprich nicht, ich weiß was Du sagen willst. Das sei hier schon unga= rischer Boden, und die eine Regierung liefert der anderen ihre politischen Flüchtlinge nicht aus. Nur werden sie mich nicht als politischen Verbrecher verfolgen, sondern als Dieb. Mit Unrecht zwar, denn was ich mitgenommen, war mein Eigenthum, und wenn der Staat Forderungen an mich hat, dort in Galata sind meine siebenundzwanzig Häuser, aus denen er sich befriedigen kann; aber trotzdem werden sie mir nachrufen: fangt den Dieb! Ich gelte für einen, der Geld aus dem Khazne geraubt hat und flüchtige Diebe liefert auch Oesterreich der Türkei aus, wenn den türkischen Spionen es gelingt, sie aufzuspüren. Dieser Mensch hat mich erkannt und damit ist mein Schicksal besiegelt."

(Dem Sprechenden traten schwere Schweißtropfen auf die Stirne. Sein Gesicht war gelb geworden, wie Wachs.)

„Gieb mir einen Tropfen Wasser, damit ich weiter sprechen kann.

„Ich habe Dir noch viel zu sagen.

„Mich kann ich schon nicht mehr retten, dadurch aber, daß ich sterbe, rette ich meine Tochter und ihr Vermögen. Allah will es so, und wer kann seinem Schatten entfliehen?

„Darum schwöre mir bei Deinem Glauben und bei Deinem Ehrenworte, daß Du alles das vollführen wirst, was ich Dir auftrage.

„Fürs Erste, wenn ich todt bin, begrabe mich nicht irgendwo am Ufer. Ein Muselmann kann auch gar nicht ein christliches Begräbniß wünschen; begrabe mich also nach Schifferbrauch, nähe mich in ein Stück Segeltuch ein und hänge mir an Haupt und Füße einen schweren Stein, dann versenke mich, wo die Donau am tiefsten ist. Thue so mit mir, mein Sohn!

„Und wenn dies geschehen, steure Dein Schiff vorsichtig bis Komorn. Nimm Timea wohl in Acht!

„Hier in der Chatouille ist baares Geld — im Ganzen tausend Dukaten. Mein übriges Vermögen steckt in den Säcken als Getreide. Auf meinem Tische lasse ich ein Schreiben zurück, das bewahre auf; ich bezeuge darin, daß ich durch übermäßigen Genuß von Melonen mir die Ruhr und den Tod zugezogen habe, ferner daß mein ganzes Baarvermögen nur in tausend Dukaten besteht; es soll Dir als Sicherheit dienen, damit Niemand Dich beschuldigen könne, meinen Tod verursacht oder einen Theil meines Geldes entwendet zu haben.

„Ich schenke Dir nichts. Was Du thust, thust Du aus gutem Herzen, und dafür wird Gott Dich belohnen. Das ist der beste Gläubiger, den Du haben kannst.

„Und dann führe Timea zu Athanas Brazovics und bitte ihn, sich meiner Tochter anzunehmen. Er hat selbst eine Tochter; möge diese ihr Schwester sein. Uebergieb ihm das Geld, er soll es auf die Erziehung des Kindes verwenden. Und übergieb ihm auch die Schiffsladung, und ersuche ihn, selbst anwesend zu sein, wenn die Säcke geleert werden; es ist guter Weizen darin — sie könnten ihn sonst austauschen. Du verstehst mich!"

Der Sterbende blickte Timar ins Auge und kämpfte mit sich.

„Denn . . . ."

Wieder stockte seine Rede.

„Hab' ich etwas gesagt? Ich wollte noch etwas sagen; aber meine Gedanken verwirren sich. Wie roth ist diese Nacht. Wie roth ist der Mond am Himmel. Ja. Der „rothe Halbmond . . . ."

Ein tiefes Stöhnen, das von Timea's Lager herkam, zog jetzt seine Aufmerksamkeit auf sich und gab plötzlich seinen Gedanken eine andere Richtung. Bestürzt richtete er sich in seinem Bette auf und suchte mit zitternder Hand etwas unter seinem Kopfkissen, seine Augen traten weit aus den Augenhöhlen hervor.

„Ah, beinahe hätte ich vergessen. Timea! Ich habe ja Timea einen Schlaftrunk gegeben; wenn Du sie nicht bei Zeiten weckst, so entschlummert sie für ewig. Hier in diesem Fläschchen ist ein Gegengift. So wie ich todt bin, nimm dies, und reibe ihr damit die Schläfen, die Stirne und die Herzgrube ein, bis sie erwacht. — Ah, da hätte ich beinahe auch sie mitgenommen! Nein, das will ich nicht. Sie muß leben. Nicht wahr? Du gelobest mir, bei Deiner Ehre und Deinem Glauben, daß Du sie aufwecken wirst, daß Du sie zum Leben bringst, daß Du sie nicht auf ewig entschlafen läßt!"

Der Sterbende preßte Timar's Hand krampfhaft an seine Brust; in seinen verzerrten Zügen prägte sich schon der Todeskampf aus.

„Wovon sprach ich vorhin? Was wollte ich Dir sagen? — Was war mein letztes Wort? — Ja, richtig: der „rothe Halbmond."

Durch das geöffnete Fenster schien die halbe Scheibe

des abnehmenden Halbmondes herein, der blutroth aus den nächtlichen Nebeln emporstieg.

Sprach von ihm der Sterbende in seinem Delirium? Oder brachte er ihm etwas in Erinnerung?

„Ja, der rothe Halbmond," stammelte er noch einmal, dann schloß der Todeskrampf ihm auf ewig die Lippen; noch eine kurze Agonie und er war eine Leiche.

Zehntes Capitel.
Der lebende Alabaster.

Timar blieb allein mit einem Todten, mit einer in tödtlichem Schlaf Versunkenen und mit einem begrabenen Geheimniß.

Sie alle bedeckte die stille Nacht.

Und die Schatten der Nacht flüsterten ihm zu:

„Siehe! Wenn Du jetzt nicht thust, was Dir aufgetragen ist, wenn Du diesen Todten nicht in die Donau wirfst, wenn Du die Schlafende dort nicht weckst, sondern sie ruhig ins Jenseits hinüber schlummern lassest, was würde dann geschehen? Jener Verräther wird seitdem schon in Pancsova den Flüchtling Tschorbadschi angezeigt haben; wenn Du, ihm zuvorkommend, statt in Pancsova in Belgrad anlegtest und die Anzeige machtest: so würde, nach türkischem Gesetz, von den Schätzen des Flüchtlings ein Drittel Dir zufallen. Ohnehin gehören sie Niemanden mehr. Der Vater ist todt, das Mädchen, wenn Du es nicht weckst, erwacht nicht mehr. Dann wirst Du mit Einem Schlag ein reicher Mann. Nur der Reiche gilt etwas auf der Welt. Der arme Teufel ist nur Kommißmensch."

Timar antwortete den Schatten der Nacht: nun, so mag ich immerhin nur ein Kommiß=Mensch bleiben! Und um die flüsternden Schatten der Nacht zum Schweigen zu bringen, schloß er das Kabinenfenster. Eine heimliche Angst beschlich ihn, wenn er den rothen Mond dort erblickte. Ihm war, als kämen von ihm diese bösen Einflüsterungen, gleichsam als Erklärung der letzten Worte des sterbenden Mannes vom „rothen Mond."

Er zog von der Lagerstätte Timea's den Vorhang weg.

Wie eine lebende Alabaster = Statue lag dort das Mädchen; ihr Busen hob und senkte sich mit den langsamen Athemzügen, die Lippen standen halb offen, die Augen waren geschlossen, und auf dem Antlitz lag ein überirdischer Ernst.

Die eine Hand war emporgehoben zu den aufgelösten Locken, die andere hielt die Falten des Nachtgewandes über der Brust zusammen.

Bebend näherte sich ihr Timar wie einer verzauberten Fee, deren Berührung dem armen Sterblichen tödtliches Herzweh verursacht. Er begann mit der im Fläschchen enthaltenen Flüssigkeit die Schläfen der Schlummernden einzureiben. Dabei beobachtete er fortwährend ihr Gesicht und dachte bei sich:

„Wie? Dich sollte ich sterben lassen, Du himmlisches Wesen? Und wenn das ganze Schiff angefüllt wäre mit echten Perlen, und die alle mir gehören würden nach Deinem Tode, ich ließe Dich nicht für ewig entschlafen. Es giebt keine Diamanten in der Welt, und wären sie noch so groß, die ich lieber sähe, als Deine beiden Augen, wenn Du sie wieder öffnen wirst."

Das schöne Antlitz blieb unverändert während der Einreibungen auf Stirne und Schläfen, selbst die aneinander stoßenden schmalen Augenbrauen zogen kein Fältchen auf der Stirne, als sie von der Hand des fremden Mannes berührt wurde.

Die Anweisung lautete, daß auch die Herzgrube mit dem Gegenmittel einzureiben sei.

Timar war genöthigt die Hand des Mädchens anzufassen, um sie von der Brust wegzuziehen.

Die Hand leistete nicht den geringsten Widerstand. Sie war starr und kalt.

So kalt, wie die ganze Gestalt. Schön und kalt, wie Alabaster.

Die Schatten der Nacht flüsterten:

„Sieh diesen prächtigen Gliederbau! Einen schöneren als diesen haben noch keines Sterblichen Lippen berührt. Niemand erführe darum, wenn du sie jetzt küßtest."

Doch Timar antwortete bei den Schatten der Nacht sich selber: „Nein, Du hast in Deinem Leben nie fremdes Gut gestohlen; dieser Kuß aber wäre Diebstahl." Und damit breitete er die persische Decke, welche das Mädchen im Schlaf abgeschüttelt hatte, über die ganze Gestalt bis zur Schulter hinauf und frottirte unter der Decke die Herzgrube der Schläferin mit den benetzten Fingern, während er, um jeder Versuchung zu widerstehen, seine Blicke beständig auf das Antlitz der Jungfrau geheftet hielt. Ihm war dabei, als sehe er ein Altarbild, so kalt und doch verklärt war dies Antlitz.

Endlich öffneten sich die Augenlider, und es traf ihn der Blick ihrer dunkeln, aber glanzlosen Augen. Sie athmete leichter und Timar fühlte, wie unter seiner Hand ihr Herz stärker zu schlagen begann.

Er zog nun die Hand zurück.

Dann hielt er das Fläschchen mit dem starken Geist ihr zum Riechen hin.

Timea erwachte, denn sie wandte ihr Haupt von dem Fläschchen weg und zog die Brauen zusammen.

Timar rief sie leise bei ihrem Namen.

Das Mädchen fuhr auf von seinem Lager und blieb mit dem Ruf: „Vater!" am Rand des Bettes sitzen. Dann starrte es vor sich hin.

Die persische Decke sank auf den Schoß der Sitzenden hernieder, das Nachtgewand war von den Schultern herabgerutscht. Wie sie so da saß, konnte man glauben, eine antike Büste vor sich zu haben.

„Timea!" redete Timar sie an, indem er das Nesselgewebe über die nackten Schultern hinaufschob. Sie bemerkte es nicht.

„Timea!" rief Timar, „Ihr Vater ist todt!" Aber weder ihr Gesicht, noch ihre Gestalt rührte sich, noch beachtete sie, daß ihr Gewand den Busen entblößt ließ. Sie schien völlig empfindungslos.

Timar stürzte in die Nebenkabine ab, kehrte mit einer Kaffe=Maschine zurück und fing an, in fieberhafter Eile

und nicht ohne sich die Finger zu verbrennen, Kaffe zu
kochen. Als der Kaffe fertig war, ging er zu Timea hin,
umfing mit dem Arm ihren Kopf, preßte ihn an sich,
öffnete ihr mit den Fingern den Mund, und goß ihr den
Kaffe ein.

Bis jetzt hatte er nur mit dem Widerstand der Starr=
heit zu kämpfen gehabt, so wie aber Timea den heißen, bit-
teren Moccatrank im Leibe hatte, stieß sie plötzlich Timar
mit solcher Kraft von sich, daß ihm die Tasse aus der
Hand fiel; dann warf sie sich auf's Bett, zog die Decke
über sich und fing an mit den Zähnen zu klappern.

„Gott sei Dank, sie lebt, denn sie hat das Fieber!"
seufzte Timar. — „Gehen wir jetzt zum Schifferbegräbniß!"

Elftes Capitel.
Das Schifferbegräbniß.

Auf dem Ocean macht sich das ganz natürlich. Der Todte wird in ein Stück Segeltuch eingenäht, man hängt eine Kugel an seine Füße und versenkt die Leiche in's Meer. Die Korallen überwachsen schon mit der Zeit sein Grab.

Aber auf einem Donauschiff einen Gestorbenen in den Fluß werfen, ist schon mit Verantwortlichkeit verbunden. Dort sind ja die Ufer und auf den Ufern Dörfer und Städte mit Kirchenglocken und Geistlichen, um dem Todten das Grabgeläute zu geben und ihn in geweihter Erde zu bestatten; da geht es nicht an, ihn so mir nichts dir nichts ins Wasser zu werfen, weil der Verstorbene selbst es gewünscht hat.

Timar begriff aber ganz gut, daß dies dennoch geschehen müsse.

Es brachte ihn nicht in Verlegenheit.

Bevor noch das Schiff den Anker gelichtet hatte, sagte er seinem Steuermann, daß ein Todter an Bord sei. Trikaliß ist gestorben.

„Ich wußt' es ja gleich," sagte Johann Fabula, „daß Gefahr im Anzug war, als der Hausen mit unserem Schiff um die Wette schwamm. Das bedeutet einen Todesfall."

„Legen wir dort am Ufer unter dem Dorfe an," entgegnete Timar, „und ersuchen wir den Pfarrer, ihn zu begraben. Wir können die Leiche nicht auf dem Schiff weiter führen, wir gelten ohnehin für pestverdächtig."

Herr Fabula räusperte sich stark und sagte: man kann's ja versuchen.

Das Dorf Pleßkovacz, welches für das Schiff das am nächsten erreichbare war, ist eine wohlhabende Ortschaft; es hat einen Dechanten und eine stattliche Kirche mit zwei Thürmen. Der Dechant war ein schöner hoch gewachsener Mann, mit lang herabwallendem Bart, fingerdicken Brauen, und einer schönen, sonoren Stimme.

Zufällig kannte er auch Timar. Dieser hatte oft Getreide bei ihm gekauft, denn der Dechant hatte viel Produkte zu verkaufen.

„Ei, mein Sohn," rief der Dechant ihm entgegen, als er ihn auf dem Hof erblickte, „Du hättest Dir Deine Zeit besser wählen können; die Ernte war schlecht, und ich habe meine Frucht schon lange verkauft." (Trotzdem wurde noch immer im Hof und auf der Tenne gedroschen.)

„Diesmal bringe ich die reife Frucht zu Markt," antwortete ihm Timar. „Wir haben einen Todten auf dem Schiff, und ich komme Euer Hochwürden ersuchen, sich dahin zu begeben und die Leiche mit den üblichen Ceremonien zu beerdigen."

„Ja, mein Sohn, das geht nicht gleich so," versetzte der Dechant. „Hat denn dieser Christenmensch auch gebeichtet? Hat er die Sterbesakramente empfangen? Bist Du dessen auch gewiß, daß er kein Unirter ist? Denn sonst kann ich ihn nicht begraben."

„Nichts von alle dem. Wir führen keinen Beichtvater auf dem Schiffe mit; die arme Seele ist aus der Welt geschieden ohne jeglichen geistlichen Beistand; das ist so Schifferloos. Wenn aber Hochwürden ihm kein kirchliches Begräbniß geben wollen, so geben Sie mir wenigstens etwas Schriftliches darüber, damit ich mich vor den Angehörigen rechtfertigen kann, warum ich ihm nicht die letzte Ehre zu erweisen im Stande gewesen; wir werden ihn dann selber irgendwo am Ufer begraben."

Der Dechant stellte ihm ein Zeugniß über das verweigerte Begräbniß aus; dann fingen aber auch noch die dreschenden Bauern Lärm zu schlagen an.

„Wie, auf unserer Gemarkung eine Leiche begraben, die nicht eingesegnet ist? Dann wird ja so heilig, wie Amen im Vaterunser, der Hagelschlag unsere Felder verwüsten. Daß Ihr aber nicht etwa versucht, ein anderes Dorf mit dem Todten zu beschenken; woher Ihr ihn auch gebracht haben mögt, den kann Niemand brauchen. Zuerst bringt der heuer noch Hagelschlag, noch ehe die Weinlese vorüber ist, die letzte Hoffnung des Landwirths; zweitens wird im nächsten Jahr ein Vampyr aus einer so begrabenen Leiche, der allen Regen und Thau aufsaugt."

Sie drohten Timar sogar, ihn todtzuschlagen, wenn er den Leichnam aus seinem Schiffe herausbringe.

Und damit er den Todten nicht heimlich irgendwo am Ufer begrabe, wählten sie vier stämmige Burschen aus, welche sich auf's Schiff begeben und darauf bleiben sollten, bis es über die Dorfgemarkung hinaus sein wird; dann möge er mit dem Todten machen, was ihm beliebt.

Timar that sehr zornig, ließ aber die vier Begleiter an Bord steigen.

Die dort zurückgebliebenen Schiffsknechte hatten mittlerweile schon einen Sarg gezimmert und den Todten hineingelegt; man brauchte nur noch den Sargdeckel zuzunageln.

Das Erste, was Timar that, war, nachzusehen, wie es Timea ging. Das Fieber war jetzt bei ihr zu vollem Ausbruch gelangt, ihre Stirne war glühend heiß, aber ihr Gesicht auch jetzt noch blendend weiß. Sie war nicht bei Besinnung. Von all' den Begräbniß=Vorbereitungen wußte sie nichts.

„So ist's schon gut," sagte Timar, der hierauf das Farbentöpfchen hervorholte und sich daran machte, Euthym Trikaliß' Namen und Todestag in schönen cyrillischen Buchstaben auf den Sargdeckel zu malen. Die vier serbischen Burschen standen hinter ihm und buchstabirten, was er schrieb.

„Nun, jetzt male auch Du einen Buchstaben dazu, während ich zu meinen Geschäften sehe," sagte Timar zu einem der Gaffer und reichte ihm dem Pinsel hin. Dieser nahm ihn und pinselte, um seine Kunstfertigkeit zu beweisen, ein solches X hin auf das Bret, wie es die Serben ihrer Zeit als S gelesen.

„Schau, was für ein Künstler Du bist," lobte ihn Timar und ließ ihn dann noch einen Buchstaben machen. — „Du bist ein wackerer Junge. Wie ist Dein Name?"

„Joso Berkics."

„Und der Deinige?"

„Mirko Jakerics."

„Nun, Gott erhalte Euch! Trinken wir jetzt ein Glas Slivovitz."

Dagegen hatten sie nichts einzuwenden.

„Ich aber heiße Michael, mein Zuname ist Timar. Ein guter Name, klingt eben so ungarisch, wie türkisch oder griechisch. Nennt mich nur Michael."

„Zbogom Michael."

Michael lief alle Minuten in die Kajüte nachsehen, wie es mit Timea steht. Sie fieberte noch immer und war nicht bei sich. Timar brachte dies nicht in Verzweiflung; seine Meinung war, wer auf der Donau fährt, führt eine ganze Apotheke mit sich, denn kaltes Wasser heilt alle Krankheiten. Seine ganze Heilkunst bestand darin, daß er der Kranken kalte Umschläge auf Stirne und Füße auflegte und sie fleißig wechselte, so oft sie schon warm geworden waren. Hinter dies Geheimniß waren die Schiffer schon vor Priesnitz gelangt.

Die „heilige Barbara" fuhr ruhig den ganzen Tag stromaufwärts längs des ungarischen Ufers. Die serbischen Burschen befreundeten sich schnell mit den Schiffsknechten, sie halfen ihnen rudern und diese brieten ihnen zum Dank dafür auf dem Schiffsherd einen Räuberbraten.

Der Todte lag draußen auf dem Verdeck; man hatte ein weißes Bettlaken über ihn gebreitet; das war sein Leichentuch.

Gegen Abend sagte Michael zu seinen Leuten, er gehe sich jetzt niederlegen, er habe schon zwei Nächte nicht geschlafen; das Schiff sollen sie vom Schiffszug nur weiter ziehen lassen, bis es ganz dunkel wird, dann sollen sie Anker werfen.

Aber auch diese Nacht schlief er nicht; — statt in seine eigene Kabine zu gehen, stahl er sich in das Gemach, in welchem Timea lag, stellte die Nachtlampe in eine leere Kiste, damit ihr Schein nicht gesehen werde, und saß die ganze Nacht am Bett der Kranken, lauschte ihren Fieberphantasien und fuhr fort, ihr kalte Umschläge zu geben. Er schloß nicht eine Minute seine Augen.

Er hörte deutlich, wie der Anker ausgeworfen wurde und das Schiff stehen blieb und wie dann die Wellen um die Schiffswände zu plätschern begannen. Auf dem Verdeck trampelten die Männer noch eine gute Weile herum, bis endlich Einer nach dem Andern sich schlafen legte.

Um Mitternacht aber vernahm er ein dumpfes Hämmern.

Das klingt, dachte er bei sich, wie das Einschlagen von Nägeln, deren Kopf mit einem Stück Tuch umwickelt ist, um den Schall des Hammers zu dämpfen.

Nicht lange, so hörte er ein Geräusch, wie es das

Herabfallen eines großen Gegenstandes in's Wasser hervor=
zubringen pflegt.

Dann wurde Alles still.

Michael blieb wach und wartete ab, bis es Tag wurde
und das Schiff weiterfuhr. Als man eine Stunde lang ge=
fahren war, trat er aus der Kabine hervor. Das Mädchen
schlief ruhig, die Fieberhitze hatte aufgehört.

„Wo ist der Sarg hingekommen?" war das erste Wort
Michael's, als er heraustrat.

Die serbischen Burschen traten ihm trotzig entgegen.

„Wir haben ihn mit Steinen belastet und sammt der
Leiche in's Wasser geworfen, damit Ihr sie nicht irgend=
wo am Ufer begraben könnt und so Unglück über uns
bringt."

„Vermessene, was habt Ihr gethan? Wißt Ihr, daß
man jetzt beim Komitat mich vornehmen und Rechenschaft
über den verschwundenen Passagier von mir verlangen wird?
Man wird mir jetzt noch Schuld geben, daß ich ihn heim=
lich aus dem Wege geschafft habe. Ihr müßt mir nun eine
Schrift geben, worin Ihr bestätigt, was Ihr gethan habt.
Welcher von Euch kann schreiben?"

Natürlich konnte jetzt Keiner von ihnen schreiben.

„Wie? Du Berkics und Du Jakerics, seid Ihr mir
nicht dabei behilflich gewesen, die Buchstaben auf den Sarg
zu malen?"

Sie rückten jetzt mit dem Geständniß heraus, daß jeder
von ihnen nur den einzigen Buchstaben zu schreiben verstehe,

den er auf das Brett gemalt, und auch den nur mit dem Pinsel und nicht mit der Feder.

„Gut denn, so werde ich Euch mit nach Pancsova nehmen. Dort könnt Ihr vor dem Obersten mündlich Euer Zeugniß für mich ablegen. Seid unbesorgt, der wird Euch schon zum Sprechen bringen."

Auf diese Drohung hatte plötzlich jeder von ihnen schreiben gelernt, nicht nur Jene zwei, sondern auch die Beiden anderen.

Sie erklärten, ihm lieber gleich ein Zeugniß ausstellen zu wollen, als sich nach Pancsova bringen zu lassen.

Michael holte Tinte, Feder und Papier, ließ den Einen der Schreibkundigen mit dem Bauch sich auf das Verdeck legen und diktirte ihm das Zeugniß, worin sie das Bekenntniß ablegen, aus Furcht, von Hagelschlag heimgesucht zu werden, die Leiche des Euthym Trikaliß, während die Schiffsmannschaft schlief und ohne Wissen und Zuthun derselben in die Donau geworfen zu haben.

„Schreibt Eure Namen darunter, und wo jeder von Euch wohnt, damit man Euch zufinden weiß, wenn eine Untersuchungs-Kommission zu Eurer Vernehmung ausgeschickt wird."

Der Eine der Zeugen unterschrieb sich „Jra Karakazalovics" wohnhaft in „Gunerovacz", der Andere: „Nyegro Stiriapicz" wohnhaft in „Medvelincz."

Und nun nahmen sie mit dem ernsthaftesten Gesicht von der Welt Abschied von einander, ohne daß sowohl

Michael als die vier sich's merken ließen, welche Mühe es sie kostete einander nicht in's Gesicht zu lachen.

Michael setzte sich hierauf an's Ufer.

. . . . Ali Tschorbadschi lag schon dort unten auf dem Grunde der Donau, wohin er sich gesehnt hatte.

Zwölftes Capitel.
Ein Spaß zum Lachen.

Am Morgen, als Timea erwachte, fühlte sie nichts mehr von der überstandenen Krankheit. Die Kraft der Jugend hatte den Sieg davongetragen.

Sie kleidete sich an und kam aus der Kabine heraus; als sie Timar vorn am Schiff erblickte, ging sie auf ihn zu und fragte ihn:

„Wo ist mein Vater?"

„Fräulein, Ihr Vater todt."

Timea starrte ihn an mit ihren großen melancholischen Augen; ihr Gesicht konnte nicht noch weißer werden, als es ohnehin schon war.

„Und wohin hat man ihn gethan?"

„Fräulein, Ihr Vater ruht dort unten auf dem Grund der Donau."

Timea setzte sich an's Schiffsgeländer und fing an stumm in's Wasser herniederzuschauen. Sie sprach nicht, sie weinte nicht, sie blickte nur starr in die Fluthen.

Timar glaubte, es werde ihr leichter um's Herz werden wenn er Worte des Trostes an sie richte.

„Mein Fräulein, als Sie krank waren und besinnungslos dalagen, hat Gott plötzlich Ihren Vater zu sich gerufen. Ich war an seiner Seite in seinem letzten Stündlein. Er sprach von Ihnen zu mir und beauftragte mich, Ihnen seinen letzten Segen zu überbringen. Auf seinen Wunsch werde ich Sie zu einem alten Freunde Ihres Vaters bringen, mit dem Sie durch Ihre Mutter verwandt sind. Der wird Sie als Tochter annehmen und Ihr Vater sein. Er hat eine schöne junge Tochter, die etwas älter ist als Sie, die wird Ihre Schwester sein. Und was hier auf dem Schiffe ist, gehört Alles Ihnen als Erbtheil, das Ihr Vater Ihnen vermacht hat; Sie werden reich sein und sich dankbar des liebevollen Vaters erinnern, der so gut für Sie gesorgt hat."

Es schnürte Timar die Kehle zu, als er dachte: „und der deßhalb gestorben ist, um Dir die Freiheit zu sichern, und sich den Tod gab, um Dir die Fülle des Lebens zu schenken."

Und dann blickte er verwundert in das Antlitz des Mädchens. Timea hatte während seiner ganzen Rede keine Miene verzogen und keine Thräne war ihr entrollt.

Michael dachte, sie schäme sich vor einem Fremden zu weinen und zog sich zurück; aber das Mädchen weinte auch dann nicht, als es allein geblieben war.

Sonderbar! Als sie die weiße Katze im Wasser ertrinken sah, wie flossen da ihre Thränen, und jetzt, wo man ihr sagt, daß ihr Vater unten auf dem Grunde der Donau liegt, vergießt sie nicht eine Thräne.

Oder ist das vielleicht so, daß diejenigen, welche bei einer kleinen Rührung leicht in Thränen ausbrechen, bei einem großen Schmerz nur stumm vor sich hinbrüten können?

Mag sein. Timar hatte jetzt Anderes zu thun, als sich den Kopf über psychologische Probleme zu zerbrechen.

Die Thürme von Pancsova fingen an, im Norden aufzutauchen und den Strom herab kam ein k. k. Militärboot geschwommen, gerade auf die „heilige Barbara" zu, mit acht bewaffneten Tschaikisten, einem Tschaikisten-Hauptmann und einem Profosen.

Als sie das Schiff erreicht hatten, enterten sie sich, ohne erst viel um Erlaubniß zu fragen, mit einem Haken an der Schiffswand fest und sprangen aus dem Kahn aufs Verdeck.

Der Hauptmann ging auf Timar los, der ihn vor der Kabinenthüre erwartete.

„Sind Sie der Schiffskommissär?"

„Zu dienen."

„Auf diesem Schiff reist unter dem falschen Namen Euthym Trikaliß ein aus der Türkei flüchtig gewordener Khezniar-Bascha, mit den gestohlenen Schätzen."

„Auf diesem Schiff reiste ein griechischer Getreidehändler Namens Euthym Trikaliß, nicht mit gestohlenen Schätzen, sondern mit gekauftem Weizen; das Schiff ist in Orsova visitirt worden und hier sind die Zeugnisse darüber; da ist die erste Schrift, belieben Sie selbst nachzulesen, ob nicht Alles so ist, wie ich sage. Von einem türkischen Bascha weiß ich nichts."

„Wo ist er?"

„Wenn er ein Grieche war, bei Abraham; wenn ein Türke, bei Mohammed.

„Was, er ist doch nicht gestorben?"

„Allerdings ist er das. Hier ist die zweite Schrift, die seinen letzten Willen enthält! — er ist an der Ruhr gestorben."

Der Hauptmann las die Schrift durch, und warf Seitenblicke auf Timea, welche noch immer dort saß an der Stelle, wo sie die Nachricht von dem Tode ihres Vaters gehört hatte. Sie verstand nichts von dem, was gesprochen wurde; die Sprache war ihr fremd.

„Meine sechs Schiffsknechte und mein Steuermann sind Zeugen dafür, daß er gestorben ist."

„Nun, das ist ein Unglück für ihn, nicht für uns. Wenn er gestorben ist, so wird man ihn begraben haben. Sie werden uns sagen, wo? und wir werden dann die Leiche exhumiren. Wir haben den Mann, der die Leiche agnosciren und die Identität des Trikališ mit Ali Tschorbadschi beweisen wird, und dann können wir wenigstens auf die geraubten Schätze Beschlag legen. Wo liegt er begraben?"

„Auf dem Grund der Donau."

„Ach das ist stark! Und warum dort?"

„Nur sachte! Hier ist die dritte Schrift, welche der Pleßkoviczaer Dechant ausgestellt hat, auf dessen Territorium das Hinscheiden des Trikališ erfolgte, und der nicht nur ein kirchliches Begräbniß verweigert, sondern mir auch verboten hatte, die Leiche ans Land zu bringen; das Volk schrie, wir möchten sie ins Wasser werfen."

Der Hauptmann schlug zornig mit der Hand auf den Säbelgriff.

„Alle Wetter! Diese verdammten Pfaffen! Ueberall hat man die schwere Noth mit ihnen. Aber das werden Sie wenigstens anzugeben wissen, wo er in's Wasser geworfen wurde?"

„Lassen Sie mich nur hübsch der Reihe nach erzählen, Herr Hauptmann. Die Pleßkovaer schickten vier Wächter aufs Schiff, welche verhindern sollten, daß wir irgendwo die Leiche ans Land setzen; in der Nacht nun, als wir alle schliefen, warfen sie ohne Wissen des Schiffspersonals den Sarg, den sie mit Steinen beschwert hatten, in die Donau. Hier ist das von den Thätern selbst hierüber ausgestellte Zeugniß, da nehmen sie es, suchen Sie die Thäter auf, nehmen Sie ein Verhör mit ihnen vor, und lassen Sie dann einem jeden von ihnen die verdiente Strafe zu Theil werden."

Der Hauptmann stampfte mit dem Fuß und stieß ein cholerisches Gelächter aus beim Durchlesen der Schrift, welche er Timar hinwarf.

„Nun, das ist eine schöne Geschichte. Der entdeckte Flüchtling stirbt und kann nicht mehr zur Verantwortung gezogen werden; der Pfaffe läßt ihn nicht beerdigen; die Bauern schmeißen ihn ins Wasser, und stellen darüber ein Zeugniß aus, unterfertigt mit zwei Namen, die nie ein Mensch geführt hat, und mit der Ortsangabe von zwei Dörfern, die nirgens in der Welt existiren. Der Flüchtling verschwindet unter den Wellen der Donau und nun kann ich entweder mit einer Scharre die ganze Donau von Pancsova bis Szendrö auf= und abfahren, oder aber die beiden Schurken nach ihren Spitznamen Karakaßalovics und Stiriapicz auf= suchen gehen. Bevor jedoch die Identität des Flüchtlings nicht konstatirt ist, darf ich auch die Schiffsladung nicht kon= fisziren. Nun das haben Sie schön gegeben, Herr Schiffs= kommissär! Das haben Sie meisterhaft ersonnen! Und für alles schriftliche Belege! Eins, zwei, drei, vier Stück. Ich wette, wenn ich den Taufschein jener Dame dort von Ihnen verlangen würde, Sie wüßten auch den zu pro= duziren."

„Wenn Sie befehlen!"

Den wäre Timar nun allerdings nicht vorzuzeigen im Stande gewesen, allein er wußte ein so einfältiges Schafs= gesicht zu schneiden, daß der Hauptmann sich vor Lachen schüttelte und dann Timar auf die Achsel klopfte.

„Sie sind ein Goldmensch, Herr Schiffkommissär. Sie haben der jungen Dame ihr Vermögen gerettet; denn ohne ihren Vater darf ich weder sie selbst, noch ihre Habe an= halten.

Sie können weiter fahren, Sie Goldmensch!"

Damit machte er rechtum; dem letzten Tschaikisten, der nicht schnell genug sich herumgeschwenkt hatte, hieb er eine Ohrfeige herunter, daß der arme Teufel beinahe in's Wasser gefallen wäre und dann kommandirte er zum Abzug.

Als er jedoch unten im Kahne war, warf er noch immer einen spähenden Blick zurück.

Der Schiffkommissär aber sah ihm noch immer mit demselben Schafsgesicht nach.

Die Schiffsladung der „heiligen Barbara" war geborgen.

Dreizehntes Capitel.
Das Schicksal der heiligen Barbara.

Die „heilige Barbara" konnte nunmehr ihren Weg unbeanstandet fortsetzen, und Timar hatte keine Fatalitäten mehr, außer dem täglichen Herumzanken mit den Führern des Schiffszuges.

Auf der großen ungarischen Ebene wird die Donaufahrt höchst langweilig; es giebt keine Felsen, keine Katarakten und keine alten Ruinen mehr, nichts als Weiden und Pappelbäume, welche die beiden Ufer des Flusses einfassen.

Von diesen ließ sich nicht viel Interessantes erzählen.

Timea kam manchmal den ganzen Tag nicht aus ihrer Kabine hervor, und aus ihrem Munde war kein Wort zu vernehmen. Einsam saß sie da, und oft wurden die Speisen, die man ihr vorsetzte, unberührt wieder herausgetragen.

Auch die Tage fingen schon an kurz zu werden und das heitere Herbstwetter schlug in Regen um; Timea schloß sich ganz in ihrem Gemache ein, und Michael bekam von ihr nichts mehr zu hören, als die tiefen Seufzer, welche des

Nachts durch die dünne Bretterwand zu ihm herüberdrangen. Nur weinen hörte man sie niemals.

Der schwere Schlag, der sie getroffen, hat ihr Herz vielleicht mit einer undurchdringlichen Eisrinde umgeben.

Wie groß müßte die Liebesgluth desjenigen sein, der sie zum Schmelzen brächte?

Ei, du armer Freund, wie kommst du auf diesen Gedanken?

Warum träumst du wach und mit geschlossenen Augen von diesem weißen Antlitz? Selbst wenn sie nicht so schön wäre, so ist sie doch so reich; du aber bist ein armer Teufel. Was hilft es einem Poveretto, wie du einer bist, alle deine Gedanken mit dem Bilde eines Mädchens zu erfüllen, das so reich ist?

Ja, wenn es umgekehrt wäre, und du so reich wärest, sie aber arm.

Und wie reich mag denn Timea sein? fing Timar zu berechnen an, um sich selbst in Verzweiflung zu stürzen und sich die eitlen Träume aus dem Kopfe zu schlagen.

Ihr Vater hat ihr tausend Dukaten baar hinterlassen und die Schiffsladung, die nach den heutigen Getreidepreisen unter Brüdern zehntausend Dukaten werth ist. Vielleicht hat sie auch Schmucksachen und Juwelen, und so gehört das Mädchen, nach damaligen österreichischen Scheingeld gerechnet, zu den Hunderttausendern. Das ist in einer ungarischen Provinzialstadt schon eine reiche Partie.

Und dann drängte sich Timar ein Räthsel auf, dessen Lösung er nicht finden konnte.

Wenn Ali Tschorbadschi elftausend Dukaten im Vermögen hatte, so war dies ein Gewicht von nicht mehr als sechzehn Pfund; von allen Metallen hat Gold im Verhältniß zu seiner Schwere das kleinste Volum. Sechzehn Pfund Dukaten lassen sich in einem Quersack unterbringen, den ein Mann, über die Schultern geworfen, auch zu Fuß weiter tragen kann. Wozu hatte Ali Tschorbadschi nöthig, sie in Getreide umzuwechseln und damit ein großes Fruchtschiff zu beladen, das anderthalb Monate zu seiner Reise braucht und mit Stürmen, Wasserstrudeln, Klippen und Untiefen zu kämpfen hat, das durch Kontumaz und Zollvisitation aufgehalten wird; während er, seinen Schatz in einer Reisetasche wohl geborgen mit sich führend, über Berg und Fluß in zwei Wochen Ungarn zuversichtlich hätte erreichen können?

Der Schlüssel zu diesem Problem war nicht zu finden.

Dann hing mit diesem Räthsel noch ein anderes zusammen.

Wenn Ali Tschorbadschi's Schatz (ob nun rechtlich erworben oder nicht) Alles in Allem nur elf= oder sagen wir zwölftausend Dukaten ausmacht, warum veranstaltet dann die türkische Regierung eine so großartige Treibjagd nach demselben, schickt eine Brigantine mit vierundzwanzig Ruderern, Spione und Couriere zu seiner Verfolgung aus? Was für einen armen Schiffsschreiber ein Haufen Geld, ist für Seine Herrlichkeit, den Padischa, nur ein Bettel; und selbst wenn es gelingt, das einen Werth von zehn= bis zwölftausend Dukaten repräsentirende Vermögen mit Beschlag zu belegen, so wird, bis dasselbe durch die Finger von all den Denun=

zianten, Konfiskatoren und sonstigen amtlichen Beutelschneidern gegangen ist, für den Sultan kaum so viel übrig bleiben, als eine Pfeife Tabak werth ist.

War es nicht lächerlich, wegen einer so geringen Beute, eine so große Maschinerie in Bewegung zu setzen?

Oder war es nicht sowohl das Geld, als Timea, auf die es abgesehen war? Timar hatte so viel Sinn für Romantik, um diese Annahme plausibel zu finden, so wenig er sie auch mit seinem Schiffsschreiber-Einmaleins zusammenreimen konnte.

Eines Abends zerstreute der Wind die Wolken und als Timar zu seinem Kabinenfenster hinaussah, erblickte er am westlichen Horizont den zunehmenden Mond.

Den „rothen Mond".

Die rothglühende Sichel schien den Wasserspiegel der Donau zuberühren.

Timar kam es vor, als hätte der Mond wirklich ein menschliches Gesicht, so wie er in den Kalendern abgebildet wird, und als spräche er etwas zu ihm mit seinem schiefen Maul.

Nur daß er noch immer nicht verstehen kann, was der Mond ihm sagt; — es ist eine fremde Sprache.

Die Mondsüchtigen mögen sie wohl verstehen, denn sie gehen ihm nach; nur daß auch die Nachtwandler, wenn sie erwachen, sich nicht mehr an das erinnern können, was sie mit ihm gesprochen.

Es war, als gäbe der Mond Timar Antwort auf seine Fragen. Auf welche? Auf alle. Auch auf sein Herzklopfen? Oder auf seine Berechnungen? Auf Alles.

Nur daß Timar diese Antworten nicht herauszubuchstabiren im Stande ist.

Der rothe Halbmond tauchte allmälig unter im Wasserspiegel der Donau und sandte bis an den Schiffsschnabel seine von den Wellen zurückgespiegelten Lichtreflexe, als wollte er sagen: verstehst Du noch immer nicht?

Zuletzt zog er langsam auch die Spitze seines Hornes unter das Wasser herab, als würde er sagen: morgen komme ich wieder, dann wirst Du mich schon verstehen.

Der Steuermann war dafür, den nach Sonnenuntergang aufgeheiterten Himmel sich zu Nutze zu machen und weiter zu fahren, bis es ganz finster wird. War man doch schon über Almás hinaus und nicht mehr weit von Komorn. In jener Gegend war er mit dem Fahrwasser so genau bekannt, daß er selbst mit verschlossenen Augen das Schiff hätte sicher steuern können. Bis hinauf zur „Raaber Donau" gibt es im Strombette jetzt nichts mehr, was gefährlich werden könnte.

Etwas doch!

Unterhalb „Füzitö" ließ sich unter dem Wasser ein schwacher, dumpfer Krach vernehmen; auf diesen Krach aber rief der Steuermann erschrocken dem Schiffszug ein „Halt!" zu.

Auch Timar war blaß geworden und stand einen Augenblick wie versteinert da.

Zum ersten mal auf der ganzen Reise spiegelte sich Bestürzung in seinen Zügen ab.

„Wir sind auf einen Klotz aufgefahren!" schrie er dem Steuermann zu.

Und dieser große, starke Mann verlor ganz die Besinnung, ließ das Steuerruder im Stich und rannte, flennend wie ein kleiner Junge, über das Verdeck nach der Kabine.

Wir sind auf einem Klotz aufgefahren!

Ja, so war es. Wenn die Donau hoch anschwillt, macht sie Risse in die Ufer, die entwurzelten Bäume stürzen in das Flußbett und werden von dem Erdreich, das noch an den Wurzeln hängt, in die Tiefe hinabgerissen; wenn nun das durch Pferde aufwärts gezogene Lastschiff an einen solchen Baumklotz auffährt, so stößt es sich den Boden ein.

Vor Klippen, vor Untiefen kann der Steuermann sein Schiff bewahren; allein gegen die unter Wasser-lauernden Baumklötze schützt weder Wissenschaft, noch Erfahrung, noch Geschicklichkeit; die meisten Schiffbrüche auf der Donau entstehen auf solche Weise.

„Es ist aus mit uns!" brüllten Steuermann und Schiffsknechte durcheinander; jeder verließ seinen Posten und lief nach seinem Gepäck, seiner Truhe, um sie im Ruderboot zu bergen.

Das Schiff legte sich quer über den Strom und fing mit dem Vordertheil zu sinken an.

An die Rettung des Schiffes war nicht zu denken. Das war eine reine Unmöglichkeit. Der Schiffraum ist mit Fruchtsäcken angefüllt; bis man diese hinwegräumt, um zum Leck zu gelangen, und dieses zu verstopfen, ist das Schiff längst untergegangen.

Timar erbrach die Thüre zu Timea's Kabine.

„Fräulein, werfen Sie rasch Ihren Mantel um und

nehmen Sie die Chatouille, die dort auf dem Tisch steht; unser Schiff geht unter. Wir müssen uns retten!"

Während er so sprach, half er ihr in den warmen Kaftan hinein und gab ihr dann die Weisung, in das Boot hinabzusteigen, der Steuermann werde ihr schon behilflich sein.

Er selbst lief in seine Kabine zurück, um die Truhe zu retten, welche die Schiffspapiere und die Schiffskasse enthielt.

Allein Johann Fabula dachte nicht daran, Timea beizustehen. Er gerieth vielmehr in Wuth, als er das Mädchen erblickte.

„Sagt' ich's doch, dies Kreidengesicht, diese Hexe mit den zusammengewachsenen Augenbrauen wird uns Alle noch ins Verderben bringen. Die hätten wir zuerst ins Wasser werfen sollen."

Timea verstand nicht, was der Steuermann sagte, allein sie erschrak so vor seinen blutunterlaufenen Augen, daß sie lieber in ihre Kabine zurückging, sich dort auf ihr Bett legte und zu sah, wie das Wasser durch die Kabinenthüre hineindrang und allmälig bis an den Rand des Bettes stieg; sie dachte bei sich, wenn das Wasser sie von hier wegspült, werde es sie schon donauabwärts tragen, bis dahin, wo ihr Vater auf dem Grunde der Donau liegt und dann werden sie wieder vereinigt sein.

Timar selbst watete bereits bis an die Kniee im Wasser, bevor er in seiner Kabine alle nöthigen Gegenstände zusammengerafft und in eine Truhe gethan hatte, die er dann auf die Schulter nahm und dem Boot zueilte.

„Und wo ist Timea?" rief er, als er sie dort nicht erblickte.

„Das weiß der Teufel!" brummte der Steuermann „wäre sie lieber nie auf der Welt gewesen."

Timar stürzte zurück in Timea's Kabine, jetzt schon bis an die Hüften durchs Wasser watend, und lud sie auf seine Arme.

„Haben Sie die Chatouille bei sich?"

„Ja!" flüsterte das Mädchen.

Nun frug er weiter nicht, sondern eilte mit ihr aufs Verdeck und trug sie auf seinen Armen in das Boot hinab, wo er sie auf der mittelsten Bank niedersetzte.

Das Schicksal der „heiligen Barbara" erfüllte sich schrecklich schnell.

Das Schiff fuhr mit dem Schnabel abwärts in den Grund, nach einigen Minuten sah man nur noch das Verdeck und den Mastbaum mit dem herabbaumelnden Zugseil aus dem Wasser hervorragen.

„Abgestoßen!" befahl Timar den Ruderern, und das Boot setzte sich gegen das Ufer in Bewegung.

„Wo haben Sie die Chatouille?" frug Timar das Mädchen, als sie schon ein Stück gefahren waren.

„Das ist sie!" antwortete Timea, ihm die mitgenommene Schachtel zeigend.

„Unglückliche! Das ist ja die Dulcrassaschachtel und nicht die Chatouille."

In der That, Timea hatte die Schachtel mit dem türkischen Zuckerwerk, das sie jenem anderen Mädchen, ihrer neuen Schwester, als Geschenk mitbringen will, mitgenommen

und dafür die Chatouille, welche ihr ganzes Vermögen ent=
hält, vergessen. Die ist zurückgeblieben dort in der unter=
getauchten Kabine.

„Zurück zum Schiff!" schrie Timar dem Steuermann zu.

„Es wird doch Niemand den verrückten Einfall haben,
im untergegangenen Schiff noch etwas suchen zu wollen?"
murrte Johann Fabulan.

„Umkehren! ohne Widerrede! ich befehl's."

Das Boot fuhr nach dem untergesunkenen Schiff zurück.

Timar forderte keinen Anderen auf, sondern sprang selbst
auf das Verdeck und stieg die Treppe hinab, welche in die
schon untergetauchte Kajüte führte.

Timea starrte mit ihren großen dunklen Augen ihm nach,
wie er unter den Wogen verschwand, als würde sie sagen:

„Auch Du also gehst mir voraus ins nasse Grab?"

Timar erreichte unter dem Wasser das Schiffsbord
mußte jedoch große Vorsicht gebrauchen; denn das Schiff
hatte sich auf die Seite umgelegt, und hing nach der Seite
über, wo der Eingang zu Timea's Kabine sich befand; er
mußte sich an den Brettern des Schiffdaches anklammern,
um nicht auf dem glatten Bord auszugleiten.

Er fand die Kabinenthüre; ein Glück, daß die Wellen
sie nicht zugedrückt hatten, denn es hätte ihm viel Zeit ge=
kostet, sie aufzureißen.

Drinnen war es ganz dunkel. Das Wasser hatte die
Kabine bis an den Plafond hinauf angfüllt. Tastend näherte
er sich dem Tisch. Die Chatouille war nicht dort. Vielleicht
hat das Mädchen sie auf dem Bett liegen lassen. Das

Wasser hat das Bett schon auf den Plafond hinaufgehoben. Er mußte es herabziehen. Auch dort war die Chatouille nicht zu finden. Vielleicht war Sie beim Umlegen des Schiffes hinabgerutscht. Er tastete vergeblich mit den Händen auf dem Fußboden darnach herum. Seine Füße waren glücklicher. Er stolperte über den gesuchten Gegenstand; das Kästchen war wirklich auf den Boden herabgefallen. Er hob es auf und trachtete, es festhaltend, auf den entgegengesetzten Bord zu gelangen, wo er nicht nöthig hatte, sich mit beiden Händen anzuklammern.

Timea erschien die Minute, welche Timar unter dem Wasser zubrachte, eine Ewigkeit. Eine volle Minute war er unter dem Wasser gewesen. Die ganze Zeit über hatte er den Athem eingehalten, als wollte er an sich die Erfahrung machen, wie lange der Mensch es aushalten könne, keinen Athem zu schöpfen.

Als dann Michaels Kopf über dem Wasser emportauchte, seufzte sie tief auf.

Und ihr Antlitz lächelte, als Timar ihr die gerettete Chatouille überreichte. — Nicht etwa der Chatouille wegen.

„Nun, Herr Kommissär," rief der Steuermann, als er Timar ins Boot half, „jetzt haben Sie schon dreimal sich durchnäßt diesen zusammengewachsenen Augenbrauen zu Liebe. Dreimal!"

Timea fragte Michael leise: „was bedeutet auf griechisch das Wort „dreimal"?

Michael übersetzte es ihr.

Darauf blickte Timea ihn lange an, und wiederholte leise vor sich hin das Wort:

„Dreimal."

Das Boot fuhr dem Ufer zu in der Richtung gegen Almás; auf dem im Schein der Abenddämmerung stahlfarb glitzernden Stromspiegel sah man eine lange Linie, wie das Ausrufungszeichen eines Wehrufs, oder wie einen Gedanken= strich für's ganze Leben — es war der Fristbalken der unter= gegangenen „Sanct Barbara."

Vierzehntes Capitel.

Der Pflegevater.

Um sechs Uhr Abends hatten die Schiffsleute das untergegangene Fahrzeug verlassen, und schon um halb acht Uhr war Timar mit Timea in Komorn. Der Almáser Eilbauer*) kannte das Haus des Brazovics sehr gut und jagte mit seinen schellenbehängten vier Rossen und mit unbarmherzigem Peitschengeknalle durch die Raizengasse auf den Platz, da ihm ein reiches Trinkgeld versprochen, wenn er seine Passagiere so schnell als möglich an Ort und Stelle bringe.

Michael hob Timea vom Bauernwagen herab und sagte ihr, jetzt sei sie zu Hause.

Damit nahm er die Geldchatouille unter den Mantel und führte das Mädchen die Treppe hinauf.

---

*) Für auswärtige Leser bemerken wir, daß bis zur Zeit der Schienenverbindung die schnellste, allerdings auch kostspieligste Beförderung zwischen Pest-Ofen und Wien die sogenannte „Bauern-Eilpost" war, welche mit organisirten Relais der an der Straße gelegenen Ortschaften die Fahrt in 16—18 Stunden zurücklegte. Almás war eine dieser Stationen.

Das Haus des Athanas Brazovics war einstöckig, was in Komorn eine Seltenheit, denn zur Erinnerung an das verheerende Erdbeben, von dem die Stadt im vorigen Jahrhundert heimgesucht wurde, pflegt man dort nur ebenerdige Häuser zu bauen.

Das Erdgeschoß wurde von einem großen Kaffehause eingenommen, welches den dortigen Kaufleuten als Kasino diente; den ganzen oberen Stock bewohnte die Familie des Kaufmannes; die Wohnung hatte von der Stiege aus zwei Eingänge und einen dritten durch die Küche.

Athanas Brazovics pflegte um diese Stunde, wie Timar wußte, nicht zu Hause zu sein; er führte daher Timea direkt zur Thüre, durch welche man in die Frauengemächer gelangte.

In diesen Gemächern herrschte modische Pracht, und im Vorzimmer lungerte ein Bedienter. Diesen ersuchte Timar, den „nagy ur" d. h. den „Großherrn" aus dem Kaffehause heraufzuholen.

Man muß nämlich wissen, daß „nagy ur" als Titulatur in Komorn gebraucht wird, gerade wie auch in Stambul, nur mit dem Unterschied, daß, während dort nur der Sultan diesen Titel führt, in Komorn zu jener Zeit die Kaufleute und alle Honoratioren, welche nicht auf den Titel Spectabilis Anspruch machen konnten, so titulirt wurden.

Timar führte einstweilen das Mädchen zu den Frauen.

Er für seine Person war allerdings nichts weniger als salonmäßig angezogen, wie man sich leicht vorstellen kann, wenn man bedenkt, welche Touren er durchgemacht, und wie oft er vom Wasser durchnäßt worden; allein er war eben eine zum Hause gehörige Person, welche man zu jeder Stunde und in jedem Anzug zu empfangen gewohnt war; man betrachtete ihn als „Einen von unsern bezahlten Leuten." Bei solchen schwingt man sich über die Regeln der Etiquette hinweg.

Die Anmeldung ersetzt die löbliche Gewohnheit der Hausfrau, so wie draußen die Thüre des Vorzimmers geöffnet wird, den Kopf durch die Salonthüre herauszustecken, um zu sehen, wer gekommen ist.

Frau Sophie hat diese Angewöhnung noch aus ihrer Stubenmädchen-Zeit. (Pardon, das ist mir nur aus der Feder entschlüpft!) Nun ja, Herr Athanas hat sie aus niederem Stande zu sich heraufgezogen; es war eine Heirath aus Neigung. Deshalb darf man Niemand bereden.

Es geschieht auch nicht übler Nachrede, sondern nur der Charakteristik wegen, wenn ich erwähne, daß Frau Sophie sich auch als gnädige Frau ihre früheren Manieren nicht abzugewöhnen im Stande war. Ihre Kleider saßen ihr immer so, als hätte sie dieselben von ihrer Herrschaft zu Geschenk bekommen; aus ihrer Frisur stand immer hinten oder vorn irgend ein widerstrebendes Haarbüschel hervor; an ihrer glänzendsten Toilette mußte immer etwas zerknüllt und zerknittert sein; und wenn nichts Anderes, so waren es wenigstens ein Paar ausgetretene Schuhe, mit denen sie ihrem alten Hang fröhnen mußte. Neugierde und Klatschereien bildeten die Ingredienzien ihrer Konversation, in welche sie so schlecht angewandte Fremdwörter einzuflechten gewohnt war, daß, wenn sie in einer großen Gesellschaft damit herumzuwerfen anfing, die Gäste (diejenigen nämlich, welche schon saßen) von ihren Stühlen beinahe herabfielen vor unterdrücktem Lachen. Dabei hatte sie noch die gute Gewohnheit, nicht leise sprechen zu können; ihr Reden war ein beständiges Kreischen, als würde sie mit Messern gestochen und als wollte sie um Hilfe schreien.

„Ach herrjeh, der Michael!" kreischte sie, so wie sie den Kopf zur Thüre draußen hatte. „Und woher haben Sie denn das schöne Fräulein mitgebracht? Was ist denn das für ein Kästchen, das Sie unter dem Arm tragen? Kommen Sie doch ins Zimmer herein! Schau, schau, Athalie, was Timar gebracht hat!"

Michael ließ Timea vorausgehen, dann trat auch er ein und wünschte den Anwesenden artig einen guten Abend.

Timea blickte mit der Schüchternheit der ersten Begegnung um sich.

Außer der Hausfrau befand sich noch ein Mädchen und ein Mann im Zimmer.

Das Mädchen ist eine entfaltete stolze Schönheit, welche trotz ihrer von Natur schlanken Taille die Beihilfe des Korsets nicht verschmäht; die hohen Schuhabsätze und aufgethürmte Frisur lassen sie noch größer erscheinen, als sie ist; sie trägt Halbhandschuhe, und die Nägel ihrer Finger sind lang gewachsen und spitz zulaufend. Ihr Antlitz ist bewußter Liebreiz; sie hat etwas aufgeworfene schwellende Lippen, einen rosigen Teint und zwei Reihen blendend weißer Zähne, welche sie gern sehen läßt; wenn sie lacht, bilden sich Grübchen auf Kinn und Wange; dunkle Brauen umwölben die schwar=

zen leuchtenden Augen, deren Glanz noch dadurch erhöht wird, daß sie stark — gleichsam aggressiv hervortreten. Mit dem zurückgeworfenen Haupt und stolzen Busen weiß diese schöne Gestalt eine imponirende Haltung einzunehmen.

Das ist Fräulein Athalie.

Der Mann aber ist ein junger Offizier, ein angehender Dreißiger mit offenem, heiteren Gesicht und schwarzen feurigen Augen.

Wie es das Militär-Reglement damals vorschrieb, hatte er das ganze Gesicht glatt rassirt, mit Ausnahme eines kleinen halbmondförmigen Backenbartes. Der Krieger trägt einen veilchenfarbenen Frack mit Kragen und Aermelumschlägen von rosafarbenem Sammet. Es ist dies die Uniform des Geniecorps.

Auch diesen kennt Timar. Es ist Herr Katschuka, Oberlieutenant bei der Fortifikation und zugleich Verpflegs-Beamter — eine etwas hybride Zusammenstellung, aber es ist nun einmal so.

Der Oberlieutenant macht sich das Vergnügen, das Portrait des vor ihm sitzenden Fräuleins in Pastell zu zeichnen. Ein Portrait hat er schon bei Tagesbeleuchtung angefertigt und versucht jetzt ein zweites bei Lampenschein.

In dieser künstlerischen Beschäftigung stört ihn das Eintreten Timea's.

Die ganze Erscheinung des schlanken, schmächtigen Kindes hatte in diesem Augenblicke etwas geisterhaftes, es war, als würde ein Schemen, ein Phantom, aus dem Dunkel hervortreten.

Als Herr Katschuka vom Reißbrett auf- und nach rückwärts sah, zog sein dunkelrother Pastellstift einen solchen
Strich über die Stirne des Portraits, daß die Brodkrume
zu thun haben wird, ihn wieder herauszubringen. Auch er
sprang nun unwillkürlich von seinem Stuhl vor Timea auf.

Jedermann erhob sich bei dem Anblicke des Mädchens,
selbst Athalie.

Wer ist sie nur?

Timar flüsterte Timea etwas in griechischer Sprache ins
Ohr, worauf diese auf Frau Sophie zueilte und ihr die
Hand küßte, welche dann ihrerseits das Mädchen auf die
Wange küßte.

Wieder flüsterte ihr Timar etwas zu; das Mädchen
ging mit schüchterner Folgsamkeit zu Athalie hin und sah
ihr aufmerksam in's Gesicht.

Soll sie einen Kuß darauf drücken, oder soll sie der
neuen Schwester um den Hals fallen? Athalie schien den
Kopf noch höher zu heben; Timea neigte sich nun zu ihrer
Hand herab und küßte sie. Nicht sowohl die Hand, als das
antipathische Hirschleder. Athalie ließ es geschehen; ihre
Augen warfen einen flammenden Blick auf das Angesicht
Timea's und einen zweiten auf den Offizier, und sie warf
ihre Lippen noch mehr auf. Herr Katschuka war ganz verloren in den bewundernden Anblick Timea's.

Aber weder seine Bewunderung noch Athaliens Flammen-
blick riefen auf Timea's Antlitz eine Erregung hervor. Es
blieb weiß, als wäre sie ein Geist.

Timar selbst war nicht wenig verlegen. — Wie soll er

jetzt das Mädchen vorstellen, und die Art und Weise erzählen, auf die er zu ihr gekommen ist, hier vor diesem Offizier.

Herr Brazovics half ihm aus seiner Verlegenheit.

Mit großem Gepolter fiel er zur Thüre herein.

Er hatte soeben unten im Kaffehaus — zum Erstaunen aller Stammgäste — aus der Augsburger Allgemeinen Zeitung die Nachricht laut vorgelesen, daß der durchgegangene Bascha und Khazniar, Ali Tschorbadschi sammt seiner Tochter auf dem Fruchtschiff „Sanct Barbara" sich geflüchtet, die Wachsamkeit der türkischen Behörden getäuscht und sich nach Ungarn in Sicherheit gebracht habe.

Die „Sanct Barbara" ist sein Schiff. Ali Tschorbadschi ist ein alter, guter Bekannter von ihm, ja ihm mütterlicherseits verwandt! Ein merkwürdiges Weltereigniß!

Man kann sich denken, wie Herr Athanas den Stuhl zurückwarf, als der Bediente ihm die Meldung brachte, Herr Timar sei eben angekommen mit einem schönen Fräulein, und unter dem Arm eine Bronce-Chatouille tragend.

„So ist's also richtig wahr!" schrie Herr Athanas auf und rannte in seine Wohnung hinauf, nicht ohne unterwegs einige an den Kartentischen sitzende Gäste von ihren Stühlen herabgeworfen zu haben.

Brazovics war ein in seinem Fette schwimmender korpulenter Mann, sein Schmeerbauch war ihm beständig um einen halben Schritt voraus, sein Gesicht war kupferroth, wenn er blaß war, und violett, wenn er roth wurde; hatte er sich am Morgen rasirt, so war am Abend sein Kinn schon borstig, sein struppiger Schnurrbart aber war parfümirt mit

Rauch= und Schnupftabak und diversen Spirituosen; seine Brauen bildeten einen buschigen Wall über seinen weit vor=stehenden und stets roth unterlaufenen Glotzaugen. (Ein schrecklicher Gedanke, daß die Augen der schönen Athalie, wenn diese alt geworden, denen ihres Vaters gleichen werden.)

Wenn dann Herr Brazovics seinen Mund aufthat, so begriff man vollständig, warum Frau Sophie so kreischt. Auch ihr Mann konnte nur schreiend sprechen, mit dem Unter=schiede jedoch, daß er eine tiefe Baßstimme hatte, wie ein Nilpferd. Natürlich mußte Frau Sophie, wenn sie neben seiner Stimme die ihrige zur Geltung bringen wollte, diese bis zum gellenden Kreischen steigern. Es war, als hätten Beide unter sich gewettet, wer von ihnen sich früher eine Luftröhrenschwindsucht oder einen Schlaganfall zuziehen wird. Wer den Sieg davontragen wird, ist zweifelhaft; doch hat Bra=zovics seine Ohren stets mit Baumwolle verstopft, Frau Sophie aber trägt beständig ein Linnentuch um den Hals geschlungen.

Herr Brazovics brach, vor Eile keuchend, in das Frauen=gemach herein, wohin sein Donnergebrüll schon vor ihm ge=drungen war.

„Ist Michael da mit dem Fräulein? Wo ist das Fräu=lein? Wo ist Michael?"

Michael war ihm entgegengeeilt, um ihn in der Thür aufzufangen.

Mit Herrn Brazovics selbst wäre es ihm vielleicht ge=lungen; aber die Wucht seines vorausgehenden Schmeer=bauches, wenn er sich einmal in Bewegung gesetzt hat, ist nichts aufzuhalten im Stande.

Michael winkte ihm dann mit den Augen, daß ein Besuch drinnen sei.

„Ah, das thut nichts! Vor dem kannst Du reden. Wir sind unter uns. Der Herr Oberlieutenant gehört auch zu unserer Familie. Haha! Aergere Dich nicht, Athalie. Alle Welt weiß es ja schon. Du kannst ungenirt sprechen, Michael! Es steht ja schon in der Zeitung."

„Was steht in der Zeitung?!" rief Athalie gereizt.

„Nun, nun, Du stehst nicht darin, sondern daß mein Freund Bascha Ali Tschorbadschi, mein leiblicher Vetter, der Khazniar, auf meinem Schiff, auf der „heiligen Barbara", sich nach Ungarn geflüchtet hat mit seiner Tochter und seinen Schätzen! Nicht wahr, das ist die Tochter? Das liebe Ding das!"

Damit stürzte Herr Brazovics plötzlich über sie her, schloß sie in seine Arme, und drückte ihr zwei Küsse auf das weiße Gesicht, zwei schnalzende, übel duftende, nasse Küsse, so daß das Mädchen ganz verstört war.

„Bist ein braver Junge, Michael, daß Du sie glücklich bis her gebracht hast. Habt Ihr ihm schon ein Glas Wein gegeben? Geh Sophie, bring ihm geschwind ein Glas Wein!"

Frau Sophie that, als hörte sie nicht, Herr Brazovics aber warf sich in einen Armstuhl, zog Timea zwischen seine Kniee, und streichelte freundlich ihr Haar mit seinen fetten Handtellern.

„Und wo ist mein werther Freund', der Khazniar Bascha? Wo ist er?"

„Der ist unterwegs gestorben", sagte Timar leise.

„Ah, das ist fatal!" sagte Herr Brazovics, indem er sich bemühte, seinem runden Gesicht eine fünfeckige Form zu geben, und die Hand vom Kopf des Kindes ziehend. „Es ist ihm aber doch sonst kein Unglück passirt?"

Eine kuriose Frage das.

Aber Michael verstand sie.

„Sein Vermögen hat er mir anvertraut, um es Ihnen sammt seiner Tochter zu übergeben; Sie sollen ihr Pflegevater und der Verwalter ihres Vermögens sein."

Auf dieses Wort wurde Herr Brazovics wieder sentimental; er nahm den Kopf Timea's zwischen beide Hände, und drückte ihn an seine Brust.

„Als ob sie mein eigenes Kind wäre! Ich will sie betrachten, wie meine leibliche Tochter."

Und nun ging es wieder Schmatz! Schmatz! einen Kuß um den andern auf Stirn und Wange des armen Opfers.

„Und was ist hier in dem Kästchen?"

„Das mir anvertraute Geld, das ich Ihnen übergeben soll."

„Ah, sehr gut, Michael! Wie viel ist darin?"

„Tausend Dukaten."

„Was", schrie Herr Brazovics, und schob Timea von seinen Knieen weg; „nur tausend Dukaten? Michael, das andere Geld hast Du gestohlen!"

Auf Timar's Gesicht zuckte etwas.

„Hier ist das eigenhändig geschriebene Testament des Verstorbenen. Er selbst schreibt darin, daß er mir tausend Dukaten baares Geld übergeben hat, sein übriges Vermögen steckt in der Schiffsladung, die aus zehntausend Metzen Weizen besteht."

"Ah, das ist etwas Anderes. Zehntausend Metzen Weizen, der Metzen zu zwölf Gulden fünfzig Kreuzer Wiener-Währung, das macht hundertfünfundzwanzigtausend Gulden, oder 50,000 Gulden Silber. Komm her, kleiner Schatz, und setze Dich auf mein Knie; nicht wahr, Du bist müde? Und hat mein unvergeßlicher treuer Freund mir sonst noch etwas befohlen?"

"Er trug mir auf, Ihnen zu sagen, Sie möchten persönlich dabei sein, wenn die Säcke ausgeleert werden, damit man die Frucht nicht austauscht, denn er hat reinen Weizen gebracht."

"Natürlich, daß ich dort sein werde, in eigener Person. Wie sollte ich nicht! Und wo ist das Schiff mit dem Getreide?"

"Unterhalb Almás, auf dem Grunde der Donau."

Nun aber stieß Herr Brazovics schon Timea von sich und sprang wüthend vom Stuhl auf.

"Was, mein schönes Schiff untergegangen, mitsammt den zehntausend Metzen Weizen? O, Ihr Galgenstricke, Ihr Schurken! Gewiß waret Ihr Alle betrunken. Ich lasse Euch Alle einsperren. Den Steuermann lasse ich in Eisen schlagen. Euch Allen halt' ich die Löhnung zurück. Auf Deine Kaution aber von zehntausend Gulden lege ich Beschlag; Du bekommst sie nicht heraus. Geh klagen, wenn Du willst."

"Ihr Schiff war nicht mehr werth, als sechstausend Gulden, und ist zum vollen Werth bei der Komorner Schiffsassekuranz versichert. Sie sind zu keinem Schaden gekommen."

„Wenn hundertmal, deßhalb verlange ich doch Schadenersatz von Dir, wegen des lucrum cessans. Weißt Du, was das lucrum cessans ist? Nun, wenn Du es weißt, so begreifst Du auch, daß Deine zehntausend Gulden Kaution bis auf den letzten Kreuzer draufgehen."

„Sei's darum," antwortete Timar ruhig. „Darüber sprechen wir ein andermal. Das hat noch Zeit; aber damit haben wir keine Zeit zu verlieren, was mit der versunkenen Schiffsladung zu geschehen hat; denn je länger sie unter Wasser bleibt, um so schneller geht sie zu Grunde."

„Was kümmert's mich, was immer mit ihr geschieht."

„Also Sie wollen sie nicht übernehmen? Sie wollen nicht persönlich anwesend sein bei der Bergung?"

„Den Teufel auch will ich. Was soll ich mit zehntausend Metzen ertränktem Weizen anfangen? Ich werde doch nicht Stärke machen sollen aus zehntausend Metzen Frucht? Oder soll ich Mehlkleister daraus bereiten? Der Teufel soll sich das Zeug holen, wenn er's brauchen kann."

„Der freilich kaum; aber das Getreide muß jedenfalls verkauft werden; die Müller, Fabrikanten, Viehmäster werden schon etwas dafür bieten, und auch die Bauern, welche Noth an Saatkorn haben; das Schiff muß ohnehin geleert werden. So läßt sich wenigstens noch etwas Geld herausschlagen."

„Geld!" (Dies Wort wußte sich stets Eingang zu verschaffen in das mit Baumwolle verstopfte Ohr des Kaufmanns.) „Gut denn. Ich gebe Dir morgen eine Vollmacht, das Fahrzeug mit Allem, was darin ist, in Bausch und Bogen zu veräußern."

„Ich brauche die Vollmacht heute noch. Bis morgen geht die Waare zu Grunde."

„Heute noch! Du weißt, bei Nacht setze ich keine Feder an, das ist gegen meine Gewohnheit."

„Ich habe das im Voraus bedacht, und brachte daher schon die fertige Vollmacht mit. Sie brauchen nur ihren Namen drunter zu setzen. Hier sind Tinte und Feder."

Jetzt aber erhob Frau Sophie kreischende Einsprache.

„Hier in meinem Zimmer lasse ich nicht schreiben! Das fehlte mir noch, daß Ihr mir Tintenkleckse macht auf meinen neuen Fußteppich. Geh' auf Dein Zimmer, wenn Du schreiben willst. Und dann verbitte ich mir hier das Gezänk mit Deinem Gesinde. Das ist mein Zimmer."

„Aber das ist mein Haus!" brüllte nun der „Großherr" zurück.

„Und das ist mein Zimmer!"

„Hier bin ich der Herr!"

„Und ich bin die Frau!"

Das Kreischen und Gebrüll hatte das Gute für Timar, daß Herr Brazovics jetzt in Wuth gerieth, und nur um zu zeigen, daß er der Herr im Hause, die Feder ergriff und die Licitations-Vollmacht unterschrieb.

Dann aber, nachdem er die Vollmacht in Händen hatte, fielen die Beiden über ihn her und überhäuften ihn mit einer solchen Fluth von Vorwürfen und Schmähungen, daß er, um sie vom Kopfe sich abzuwaschen, getrost wieder in die Donau sich baden gehen konnte.

Frau Sophie zankte Timar allerdings nur indirekt aus,

indem sie ihrem Mann Vorwürfe machte, wie er einem solchen abgerissenen schmutzigen Kerl, einem solchen versoffenen bettelhaften Lumpen eine derartige Vollmacht ausstellen könne. Warum er nicht den einen oder anderen Schiffsschreiber statt Timar damit betraut habe, der mit dem eingenommenen Gelde durchgehen, es vertrinken und verspielen wird.

Timar stand die ganze Zeit über mit derselben unerschütterlichen Ruhe mitten in diesem Tumult, mit der er am Eisernen Thore den Stürmen und Wogen getrotzt hatte.

Endlich brach er sein Schweigen.

„Wollen Sie das Geld übernehmen, welches der Waise gehört, oder soll ich es dem städtischen Waisenamte übergeben? (Bei dieser letzten Frage erschrak Herr Brazovics.) Nun, wenn's Ihnen recht ist, so kommen Sie mit mir auf die Schreibstube und bringen wir dort die Sache ins Reine, denn auch ich bin kein Freund von Dienstbotengezänk."

Mit dieser Hundertfünfzig=Pfünder=Grobheit erreichte er, daß sowohl der Hausherr, als die Hausfrau plötzlich verstummte. Gegen derartige Keiferer und Polterer ist eine gewaltige Dosis Grobheit stets das probateste Heilmittel. Brazovics nahm den Leuchter und sagte: „Nun gut, trag mir das Geld nach!" Frau Sophie aber that plötzlich, als wäre sie in der besten Laune und fragte Timar, ob er denn nicht vorerst noch ein Glas Wein trinken wolle?

Timea war ganz verblüfft von dem, was um sie vorging. Von dem, was in einer ihr fremden Sprache vor ihr gesprochen wurde, verstand sie ohnehin nichts, und ebensowenig vermochte sie die Gesten und Mienen, vor denen die Reden begleitet waren, sich zu erklären.

Warum ihr Pflegevater sie, die Waise, jetzt umarmt und küßt, und im nächsten Augenblick sie wieder von sich stößt? Warum er sie neuerdings auf den Schoß hebt, um sie aufs Neue wegzuschleudern? Warum die Beiden in diesen Mann hineinschreien, der dabei so ruhig bleibt, wie sie ihn bei Sturm und Wetter gesehen, bis er endlich ein paar Worte spricht, und auch diese gelassen, ohne Zorn, ohne Aufwallung, und damit plötzlich jene Zwei, die sich noch kurz vorher wie Rasende geberdeten, beschwichtigt und sie verstummen macht, so daß sie ihm so wenig etwas anhaben können, wie früher die Klippen und Wirbel und die bewaffneten Herren Soldaten.

Von all dem, was um sie gesprochen wurde, hatte sie kein Wort verstanden. Und jetzt wird der Mann, der früher ihr treuer Begleiter gewesen, der für sie „dreimal" ins Wasser gegangen, mit dem sie allein in ihrer Sprache sich unterhalten kann, fortgehen, gewiß für immer, und sie wird seine Stimme nicht wieder hören.

Doch nein, noch einmal schlägt sie an ihr Ohr.

Bevor er die Thürschwelle überschritt, wandte sich Timar nach Timea um und sagte griechisch zu ihr:

„Fräulein Timea, da ist das, was Sie mitgebracht haben."

Und damit zog er die Dulcrassa=Schachtel aus seinem Mantel hervor.

Timea lief zu ihm hin, nahm ihm die Schachtel aus

der Hand und eilte dann zu Athalie, um dieser mit holdseligem Lächeln das Geschenk zu überreichen, das sie aus fernem Lande ihr mitgebracht.

Athalie öffnete die Schachtel.

„Fi donc!" rief sie, „das riecht ja nach Rosenwasser, gerade so wie die mit Rosenwasser benetzten Schnupftücher der Mägde am Sonntag, wenn sie in die Kirche gehen."

Timea verstand zwar die Worte nicht, aber aus dem Aufwerfen der Lippen und dem Nasenrümpfen, womit sie gesprochen wurden, konnte sie ihren Sinn wohl errathen — und das machte sie sehr traurig. Sie machte einen Versuch und wartete Frau Sophie mit dem türkischem Konfekt auf. Diese aber lehnte ab mit dem Bemerken, sie habe schlechte Zähne und dürfe keine Süßigkeiten essen. Ganz niedergeschlagen bot sie nun auch dem Oberlieutenant davon an. Dieser fand es delikat und verschlang auf drei Bissen drei Würfel davon, für die Timea ihn dann so dankbar anlächelte.

Timar aber stand dort an der Thür und sah zu, wie Timea lächelte.

Plötzlich fiel es Timea ein, sie müsse doch auch Timar mit der türkischen Delikatesse aufwarten. Nur daß es damals schon zu spät war, denn Timar stand nicht mehr in der Thüre.

Bald darauf empfahl sich auch der Oberlieutenant und ging.

Ein Mann von Lebensart, wie er war, verneigte er sich auch vor Timea, was dieser sehr wohl that.

Nach einer Weile kehrte Herr Brazovics ins Zimmer zurück und sie waren nun ihrer viere.

Brazovics und Frau Sophie fingen nun an, in einem Kauderwelsch, das griechisch sein sollte, miteinander zu plaudern. Timea verstand dann und wann ein Wort, aber das Ganze erschien ihr noch viel fremdartiger als jene Sprachen, von denen sie keine Silbe verstand.

Sie besprachen miteinander, was sie denn mit diesem Mädchen anfangen werden, das ihnen auf den Hals geladen worden. Ihr ganzes Erbtheil beläuft sich auf zwölftausend Gulden Scheingeld in Gold. Selbst wenn es möglich, für die durchnäßte Waare noch etwas hereinzubringen, genügt das nicht, sie als ein Fräulein, gleich Athalie, zu erziehen. Frau Sophie meinte, man müsse sie ganz wie eine Magd halten, sie soll sich gewöhnen, zu kochen, auszufegen, zu waschen und zu bügeln; das werde ihr von Nutzen sein. Zur Frau nimmt sie doch mit so wenig Geld kein Anderer, als etwa ein „Schreiber", ein Schiffskommissär, und da ist es für ihn besser, wenn sie als Magd und nicht als Fräulein gewohnt ist. Aber Brazovics wollte davon nichts wissen — was würde die Welt dazu sagen? Zuletzt vereinbarte man sich über einen Mittelweg; Timea wird nicht einem ordinären Dienstboten gleich gehalten werden, sondern den Rang eines angenommen Kindes einnehmen. Bei Tisch speist sie mit der Familie, aber sie hilft bedienen. Man stellt sie nicht zum Waschtrog, aber sie hat ihre eigene und auch Athaliens feine Weißwäsche zu besorgen; sie wird nähen, was im Hause gebraucht wird, aber nicht im Zimmer des Stubenmädchens, sondern in der Wohnung der Herrschaft. Sie wird Athalie bei der Toilette behilflich sein, das wird ihr sogar noch

Vergnügen machen. Sie wird auch nicht in der Gesindestube schlafen, sondern in einem Zimmer mit Athalie. Athalie braucht ohnehin eine Person, die ihr Gesellschaft leistet und ihr zu Diensten steht. Dafür kann man ihr dann die Kleider geben, welche Athalie nicht mehr tragen will.

Ein Mädchen, das nur zwölftausend Gulden hat, kann Gott danken, wenn ihm ein solches Loos zu Theil wird.

Und Timea war zufrieden mit ihrem Loos.

Nach jener großen, ihr unbegreiflichen Katastrophe, durch welche sie in die Fremde verschlagen wurde, klammerte sich die arme Verlassene an jedes Wesen, in dessen Nähe sie kam. Sie war arglos und dienstwillig. Es ist dies das Loos türkischer Mädchen.

Es that ihr sehr wohl, beim Nachtessen neben Athalie sitzen zu dürfen, und es war nicht nöthig, sie zu erinnern, sie stand von selbst auf, um die Teller zu wechseln und die Bestecke abzuwischen, und sie that es mit heiterer Miene und freundlicher Aufmerksamkeit. Sie fürchtete ihre Pflegeeltern zu kränken, wenn sie ein trübes Gesicht zeigte, und doch hätte sie Ursache genug dazu gehabt. Besonders war sie beflissen, Athalie sich gefällig zu erweisen. So oft sie Athalie ansah, verrieth ihr Gesicht die aufrichtige Bewunderung, welche junge Mädchen für eine entwickelte weibliche Schönheit zu empfinden pflegen. Sie vergaß sich oft im Anblick der rosigen Wangen, der leuchtenden Augen Athaliens.

Diese jungen Kinderseelen glauben, wer so schön, der müsse auch sehr gut sein.

Sie verstand nicht, was Athalie sagte; denn diese sprach

nicht einmal ein schlechtes Griechisch, wie ihre Eltern; aber sie suchte ihr an den Augen- und Handbewegungen abzulauschen, was sie brauchte.

Nach dem Nachtessen, bei welchem Timea fast nur Brod und Obst genossen hatte, denn sie war an fette Speisen nicht gewöhnt, wurde in den Salon gegangen. Dort setzte sich Athalie ans Klavier. Timea kauerte sich neben ihr auf den Fußschemel und staunte andächtig ihre raschen Fingerbewegungen an.

Dann zeigte Athalie ihr das Portrait, welches der Oberlieutenant gemacht hatte. Timea schlug die Hände zusammen und bewunderte es.

„Du hast wohl so etwas noch niemals gesehen?"

„Wo hätte sie auch dergleichen sehen sollen", antwortete darauf Herr Brazovics. „Bei den Türken ist es verboten, Jemanden abzumalen. Deshalb ist ja jetzt eine Empörung ausgebrochen, weil der Sultan sein Bildniß hat malen und im Divan aufhängen lassen. Der arme Ali Tschorbadschi ist deshalb in den Aufstand verwickelt worden und hat fliehen müssen. Du armer Tschorbadschi, so ein Narr gewesen zu sein!"

Als Timea den Namen ihres Vaters hörte, küßte sie Herrn Brazovics die Hand. Sie glaubte, er habe dem Todten irgend einen frommen Segenswunsch nachgerufen.

Athalie ging dann sich schlafen legen, Timea trug ihr das Licht voran.

Athalie setzte sich an ihren Putztisch, betrachtete sich im Spiegel, seufzte tief auf, und sank dann, erschöpft und mißmuthig, mit verdüstertem Antlitz, in ihren Lehnstuhl zurück.

Timea hätte so sehr gewünscht zu wissen, warum dies schöne Antlitz plötzlich ein so trauriges Aussehen gewann.

Sie nahm Athalie den Steckkamm aus der Frisur und löste mit geschickter Hand den Zopf auf, dann flocht sie das reich herabwallende kastanienbraune Haar neuerdings für die Nacht in einen dreifachen Zopf. Sie nahm dann die Ohrringe aus Athaliens Ohren, wobei sie mit ihrem Kopf dem Kopf Athaliens so nahe kam, daß diese im Spiegel die beiden so kontrastirenden Gesichter neben einander sehen mußte. Das eine ist so strahlend, so rosig, so erobernd, das andere so bleich und sanft. Und doch sprang Athalie ärgerlich von ihrem Sitz auf und stieß den Spiegel mit dem Fuß hinweg. „Gehen wir schlafen." — Dies weiße Antlitz hatte einen Schatten auf das ihrige geworfen. Timea las die zerstreuten Kleidungsstücke hübsch zusammen und legte sie instinktmäßig in schönster Ordnung aufeinander.

Dann kniete sie vor Athalie nieder und zog ihr die Strümpfe aus.

Athalie ließ es geschehen.

Und nachdem Timea den feinen Seidenstrumpf herabgezogen hatte, und den schneeweißen Fuß, wie ihn kein Bildhauer hätte meißeln können, in ihrem Schoße hielt, beugte sie sich über ihn und drückte einen Kuß darauf.

Athalie ließ auch das geschehen.

(Ende des ersten Bandes.)